U0454917

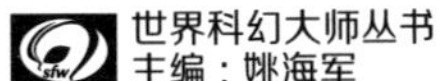
世界科幻大师丛书
主编：姚海军

时间脱节

TIME OUT OF JOINT

[美]菲利普·迪克 著 李懿 译

四川科学技术出版社

图书在版编目(CIP)数据

时间脱节/[美]菲利普·迪克 著;李懿 译.-- 成都:四川科学技术出版社,2024.3
(世界科幻大师丛书/姚海军 主编)
书名原文:TIME OUT OF JOINT
ISBN 978-7-5727-1313-2

Ⅰ.①时… Ⅱ.①菲… ②李… Ⅲ.①幻想小说—美国—现代 Ⅳ.①I712.45

中国国家版本馆CIP数据核字(2024)第066729号
图进字:21-2021-337

世界科幻大师丛书

时间脱节

SHIJIE KEHUAN DASHI CONGSHU
SHIJIAN TUOJIE

丛书主编　姚海军
著　　者　[美]菲利普·迪克
译　　者　李　懿

出 品 人　程佳月
责任编辑　吴　文　姚海军
特邀编辑　颜　欢
封面绘画　晨鸣达
封面设计　施　洋
版面设计　施　洋
责任出版　欧晓春
出　　版　四川科学技术出版社
成都市锦江区三色路238号　邮政编码:610023
官方微博:http://weibo.com/sckjcbs
官方微信公众号:sckjcbs
传真:028-86361756
成品尺寸　140mm×203mm　　印　张　8.625
字　　数　155千　　插　页　3
印　　刷　四川省南方印务有限公司
版　　次　2024年3月第一版
印　　次　2024年3月第一次印刷
定　　价　47.00元

ISBN 978-7-5727-1313-2

邮购:成都市锦江区三色路238号新华之星A座25层　邮政编码:610023
电话:028-86361770

1

维克多·尼尔森从超市后部的冷藏库里推出一车冬土豆，来到农副产品部蔬菜区。他着手把新土豆丢进几乎全空的大货架，抽取一成样品检查是否有裂皮或腐烂。一颗大土豆掉到地上，他弯腰去捡时，望了望收银台的方向。视线掠过收银机和陈列的雪茄与糖果，穿过开阔的玻璃门，投至街上。人行道上有几个行人，街上一辆大众甲壳虫刚驶出超市停车场，挡泥板反射着耀眼的阳光，一闪而过。

“我老婆来过吗？”他问丽兹，这个彪悍的得州姑娘今天当班收银。

“没见着。”丽兹一面说着，一面给两盒牛奶和一包瘦牛肉馅结账。收银台前的老年顾客将手伸进大衣口袋掏钱包。

“我在等她。”维克说，“来了的话告诉我一声。”玛戈今天要带他们十岁的儿子萨米去诊所拍牙片。此时正值四月，所得税结算期，储蓄账户余额低得离谱，他不敢面对 X 光片的结果。

终于，他等得心焦难耐，走到汤罐头货架旁的公用电话前，投入一枚硬币，拨出号码。

“喂。”玛戈的声音传来。

“带他去了没有？”

玛戈慌忙解释：“去不了，我联系迈尔斯医生推迟了看诊。快到午饭时候我才记起，今天得和安妮·鲁宾斯坦把请愿书交到卫生局。今天之内必须提交，因为我们听说，工程现在已经在发包了。”

“什么请愿书？”他问。

“得给市里施压，清理那三处旧房拆除后的空地基。”玛戈说，“孩子们放学后爱去那儿玩，安全隐患不少，有锈铁丝、断掉的预制板，还有——”

“就不能邮寄过去吗？”他插话道。但他暗地里松了口气，反正这个月之内萨米的牙齿也不会掉，不必急着去看牙。“你要在市政厅待多久？是不是没法来接我下班了？”

“我不知道啊。”玛戈回答，“听我说，亲爱的，我们这个妇女请愿团全员都在大厅里，趁请愿书提交前这点时间做最后的查漏补缺。要是赶不及开车去接你，我就在五点左右给你回电。好吗？”

挂了电话，他晃悠着步子又来到收银台。没有顾客需要结账，丽兹手里的烟已经点着好一阵了。她同情地对他笑笑，给他带来几许暖意。“你家小子感觉怎样？”她问。

“挺好的。”他说，“没去看牙，没准正偷着乐呢。”

“我经常去看牙的那个医生，是个特别和蔼的小老头。”丽兹满意地说道，“他快一百岁了吧，下手特别轻，感觉像是轻轻擦一下就完事了。”她那亮红的指甲掀起嘴唇，给他看一颗镶金的上牙。他倾身看去，一股带肉桂味的烟气流泻在周围。“瞧见了吧？”她说，“钻掉那么大一块，一点都不疼！真的，一点都不疼！”

要是玛戈这会儿到了，他暗想，魔眼感应玻璃门适时滑开，她径直走进来，看见我正在凝视丽兹的口唇，不知道会做何评价。《金赛性学报告》尚未收录的某种新潮性癖，被她抓个正着。

下午时分，超市门可罗雀。换了平常，去收银台排队结账的顾客络绎不绝，今天却冷冷清清。经济不景气啊，维克暗下定论，今年二月就有五百万人失业。我们的生意也受了影响。他走到前门，站在那儿观望路上的人流。毫无疑问，行人比往常稀少，家家户户都在一门心思存钱。

“今年的生意可惨喽。”他对丽兹说。

“嗐，操那份心干啥？”丽兹劝道，“店又不是你开的，你只是在这里打工，跟我们一样。活儿少还轻松些。”一位女顾客把食物逐一拣到柜台上，丽兹扫起了条码，仍不忘回头跟维克说话，“不管怎样，我觉得经济不会萧条的，那只是民主党的话术而已。那几个老民主党人总是摆出一副经济要崩盘的架势，我都受够了。”

“你是南方人吧？”他问，“南方不是支持民主党吗？”

“我早不了。既然已经搬到红州，我当然支持共和党了。”收银机咔嗒咔嗒，然后“当”的一声，弹出了钱箱。丽兹把商品装进纸袋。

超市对面那条街上，“美式简餐咖啡”招牌勾起了他午后咖啡的心思。现在这时机也许正合适。他对丽兹说：“我出去个十分钟左右回来。你一个人看店没问题吧？”

“啊，没问题。”丽兹笑嘻嘻地答道，双手忙活着找零，“尽管去吧，待会儿换我出去买点必要的东西。快去吧。”

他手插口袋走出超市，在路边停下，搜寻车流中的空当。他从来不走人行横道，总是在街区中间对准咖啡馆大门横穿马路，为此不惜守在路边一分钟又一分钟地等。这事关名誉问题，不拐弯才是真爷们。

他坐在咖啡馆卡座上，懒洋洋地搅着面前那杯咖啡。

“好难熬啊。”塞缪尔男装店的鞋类导购杰克·巴恩斯打破沉寂，端着一杯咖啡来到他桌旁。杰克一如往常地神色萎靡，仿佛这身锦纶衬衫和休闲裤令他又闷又热，憋了一整天似的。“肯定是天气原因，”他说，“开春了，再晴几天，大家就开始买网球拍和户外炉灶了。”

维克口袋里正揣着“每月好书”书友会最新一期的小册子。他和玛戈几年前就入会了，当时两人已经付了房子的首付，搬到那个文化氛围浓厚的社区。他拿出小册子在桌上摊平，调转一百八十度给杰克看。卖鞋的没表示出半点兴趣。

“进个读书会吧，”维克说，“提升一下认知。”

“我看书的。”杰克说。

“是了，在贝克药店买的那些平装书。”

杰克说：“这个国家需要的是科学，不是小说。你清楚得很，那些书友会推销的都是些黄色小说，讲什么小镇上发生了性侵案，不见光的东西全浮上水面来了。我可不觉得那些对提高美国的科学水平有帮助。”

“‘每月好书’书友会也卖汤因比的《历史研究》。”维克说，“那本你能读得下去。”他是免费兑换的，虽然还没全部看完，但他已经认识到，那是一部重要的文史著作，值得收进私人藏书。“再怎么说，”他总结道，“书再烂也烂不过那些床戏青春片，还有詹姆斯·迪恩那帮人拍的飙车电影。”

杰克翕动嘴唇，小声阅读“每月好书”当月精选的标题。“一部历史小说，”他评论道，“讲内战时期南方各州的。他们老是推这种东西。会里那些老太太翻来覆去看这种题材就不烦吗？”

其实，维克到现在还没找到机会细看这本小册子。“我也不是推什么就买什么。”他解释说。当月推荐书目为《汤姆叔叔的小屋》，作者他从未听说过：哈里特·比彻·斯托。小册子上盛赞其大胆揭露内战前肯塔基州的奴隶贸易，如实记录悲惨的黑奴女孩所遭受的令人发指的非人待遇。

“哇，”杰克说，“嘿，说不定我会喜欢。”

“广告文案根本代表不了什么。”维克答道，“这年头，每本书都被标榜成旷世奇作。”

“的确。”杰克说，“这个世界简直已经没有王法了。回头看看二战以前，跟现在比比，差别多大。现在到处是坑蒙拐骗、作奸犯科、黄赌毒，以前可没这些。毛头小子就学着砸车，高速路是越修越长了，氢弹发明出来了……物价也嗖嗖地涨。就像你们超市农副部卖的咖啡，价钱越来越贵。真叫可怕。谁落得好了？”

他们争论了一番。下午时光在心慵意懒中慢慢逝去，几乎波澜未兴。

五点钟，玛戈·尼尔森抓起外套和车钥匙准备从家里出发时，萨米却不见踪影。毫无疑问，是出去玩了。但她抽不出时间去找孩子，得立即去接维克。再晚了，他断定她不去，就会自己坐公交回家。

她快步回屋。客厅里，小口抿着听装啤酒的弟弟仰起头，嘀咕道：“就回来了？”

“还没出门呢。”她说，“我找不着萨米。待会儿我出去的时候，能帮我留意下他吗？”

“没问题。”拉格尔应道。他脸色是那么疲惫，霎时间她险些打消了出门的念头。他没系领带，撸起衬衫袖子喝着酒，胳膊颤颤巍巍。客厅里到处散落着工作文件和笔记，形成了一个圆圈，把他围在中心，令他寸步难移。那双红肿的眼睛紧盯着她，目光灼灼。“别忘了，我还得去寄这个，盖上邮戳的时间不能晚于六点。”他提醒道。

他面前的文件叠成了一摞，左右摇晃，发出“沙沙”的声音。他已经收集了好几年的资料，参考书、统计图、分析图，还有此前月复一月寄出的所有竞猜答案……他采用多重手段精简答案条目，以便于研究。此刻，他正在使用所谓的“字列扫描仪”，配套材料是不透光的字列复印件，复印件某些点位在扫描时会有光点闪现。他让字列按顺序飞速通过仪器，查看光点如何运动。光点进进出出，跳上跳下，运动轨迹在他眼中形成某种模式。虽然她从未发现任何规律。这正是他竞猜能中奖的原因。她也参加过几次，却一无所获。

“进展怎么样？”她问。

拉格尔答道：“唔，时间已经确定了，下午四点。现在只需要——”他五官一皱，“确定地点。”

长长的胶合板上，基于报纸给出的官方表格，今日字列已用图钉标出了一部分。几百个小方格，每个都以横纵坐标编号。拉格尔已经标注了纵坐标，即时间要素，344 列。她看见对应的点上钉了一颗红图钉。而“地点”尚未确定，显然更难。

“退出几天吧，”她劝道，“休息一下。这几个月你的劲儿铆得太狠了。”

“中途退赛，积分会倒退好几档。”拉格尔边说边用圆珠笔胡乱涂画着，“之前赢的——”他耸耸肩，“从一月十五日算起，全部清零。”他用计算尺绘出线条的交点。

他寄交的每条字列都会成为资料库的新数据。他曾告诉她，正因如此，正确率会随着寄交次数变多而递增，越往后越容易。不过，在她看来，却是越来越麻烦。有一天，她忍不住问他每期坚持参赛的理由。“因为我已经输不起了。”他解释道，“答对的次数越多，等着我领取的奖金就越高。”竞猜还在一期期进行，奖金数额越积越大，或许连他自己都算不清究竟投入了多少。他总是赢。这源自他的天赋及其巧妙运用，但同时也成为他肩上的恶性负担。这种鸡毛蒜皮的小游戏一开始只是个消遣，充其量也只是个碰碰运气、赚点外快的路子，现在他却深陷其中难以自拔。

我觉得这就是他们的目的。她想，让你越陷越深，也许到死你都等不到领奖的时候。但他其实经常领奖，《公报》定期向他支付回答正确的奖励。她不知道具体有多少，貌似每周有将近一百美元。不管怎样，他靠竞猜养活了自己，把它当成工作，干得相当卖力——甚至比正经工作更卖力。从早上八点报纸被丢到门廊上开始，到晚上九十点钟，他不断研究，改善方法。最具考验的莫过于如影随形的犯错焦虑——只要答错一次，获奖资格就会被直接取消。

而他俩都明白，这种事迟早得发生。

“给你冲一点咖啡吧？”玛戈说，“我给你做个三明治什么的再走。我知道你还没吃午饭。”

他心不在焉地点了下头。

她放下外套和手包，走进厨房，在冰箱里找食材做给他吃。正当她把盘子端上桌的时候，后门猛然打开，萨米和邻居家的狗闯了进来，两个都毛发蓬乱，气喘吁吁。

“听到我开冰箱门了是吧？”她问。

“我饿得不行了。”萨米喘着粗气说道，“能给我个冷冻的汉堡吗？不需要热，我直接吃。冻的还更好些，更耐饿！”

她答道：“你快去车上。等做好拉格尔舅舅的三明治，我就开车带你去超市接爸爸。把那条破狗弄回外边去，这儿可不是它家。”

“好哇！”萨米说，“超市里当然有好吃的。”伴着“砰”的一声响，他带着狗出了后门。

“我找到他了，”她给拉格尔端来三明治和一杯苹果酒，说道，“你不用操心他在哪儿瞎混了，我带他一起去城里。”

拉格尔接过三明治，叹道：“要我说啊，如果当初混赌马的圈子，没准儿比现在发财！”

她笑了，“那你一分也赢不到。”

“也有可能。”他条件反射般地吃起了东西，但没有碰苹果酒。他更喜欢那罐啤酒，呷了一个小时左右，早已变得温热了。做那么复杂的数学运算怎么能喝温啤酒呢？怎么想也觉得它会把脑筋糊住。她思索着心中疑问，找到外套和手包，快步跑出房门去开车。不过那就是他的脾性。服兵役期间他养成了一天接一天地大喝温啤酒的习惯。整整两年，他和一个搭档驻扎在太平洋上的一座小环礁，操作气象站和无线电发射机。

下午近晚时分，交通一如既往地拥堵。她驾着甲壳虫溜空加塞，心中暗自得意。笨重的大空间汽车似乎寸步难行，像一只只搁浅的海龟。

买这辆紧凑型进口车，真是我们做过的最明智的投资。她自言自语，开了这么久，还跟新的一样，德国人的造车工艺无比精湛。只是离合器有点小毛病，每行驶一万五千英里[1]就……不过话说回来，世上哪有完美的东西？尤其是今时今日，氢弹问世，俄罗斯崛起，物价飞涨。

萨米脸贴车窗，嘟囔着："为什么我们家不能买辆奔驰呢？为什么非要买这辆长得像甲虫的袖珍小车？"他满心的嫌弃溢于言表。

一把无名火"腾"地烧起来，这儿子简直是个戳心窝的叛徒。她立即说："听着，小子，你对车根本一窍不通。你又不出钱买，又不出钱养，又不费神在这堵死人的路上开，有什么不满都给老娘憋着。"

---

① 英美制距离单位，1 英里约为 1.61 公里。

萨米烦躁地回嘴:“就像儿童车一样。”

“等我们到了超市,”她应道,“在你爸跟前再说一遍。”

“好怕怕哦。”萨米仍然嘴硬。

她瞅着空儿插进左侧车道,忘了打转向灯,一辆公交车的喇叭随即按响。该死的大巴,她在心里骂道。前面就是超市停车场入口了。她挂到二挡,开上人行道,经过那块巨大的霓虹灯招牌,上面写着:

幸运币超市

“到了。”她对萨米说,“希望没跟他错过。”

“快进去吧!”萨米喊道。

“不,”她说,“就在车上等。”

于是他们原地等待。超市里,收银员迎来送往一长串顾客,形形色色的人们大多推着不锈钢购物车。自动门灵活地开了又关,关了又开。停车场里,车辆陆续启动。

一辆亮丽光鲜的红色塔克轿车威风十足地从旁边驶过,她和萨米都不禁视线跟随。

“真羡慕那个女的。”她喃喃道。塔克那款车和甲壳虫一样是入门级车型,但外观却相当拉风。当然,它空间太大了,不实用,可是……

也许明年能考虑一下,她想,等这辆车以旧换新的时候。

但是人们基本不用大众去换新，买来就开到报废为止。

至少大众保值率挺高，折算市值也不会赔本。街上，红色塔克驶入车流之中。

“哇！”萨米赞叹道。

她未发一言。

2

那天傍晚七点半，拉格尔·古姆无意间瞥了眼客厅窗外，发现邻居家布莱克夫妇摸黑走在屋外小道上，显然是要来串门。后面的街灯映出他们漆黑的身影，只见茱茱·布莱克手中搬着一件物品，像是木盒或者纸盒。他哀叫一声。

“怎么啦？”玛戈问。她和维克正在对面房间里看席德·西泽的电视剧。

“来客人了。”拉格尔说着站起身，正当这时，门铃响了。“是邻居，”他补充道，“我觉得没法假装不在家。”

维克插话道：“说不定他们看到电视开着就会回去。”

布莱克夫妇雄心万丈，誓要在社会阶层上再跃升一级，他们表现出对电视的厌恶，反感屏幕上可能播放的一切，从小丑到维也纳歌剧院上演的贝多芬歌剧《费德里奥》。维克曾说，假如基督以电视插播的形式宣布再临，布莱克两口子绝对无意见证。而拉格尔也顺势说道，假如第三次世界大战打响，氢弹投下，当局的第一波警报肯定是用电磁波辐射控制[1]信号通过电视发出的……布莱克夫妇必定会对此报以嘲讽，选择无视。生存法则如此，拉格尔总结道，拒绝跟进新形势的人必将灭亡。顺天者昌，逆天者亡……永恒规律的新版演绎。

“你们俩都不愿挪屁股的话，”玛戈说，“我去放他们进来吧。”她从沙发上撑起身子，快步去把前门打开。“两位好！”拉格尔听到她发出惊呼，“这是什么？这啥啊？啊——好烫！”

比尔·布莱克中气十足的年轻嗓音传来：“意式千层面。加了热水保温——”

“我来做意式浓缩咖啡。”茱茱说道，端着那盒意大利美食穿过屋子来到厨房。

见鬼，拉格尔想，今晚没法再干活了。搞什么啊，学了个新花样，就非得屁颠屁颠来这儿秀吗？他们就不认识别的什么人？

本周是意式浓缩咖啡，搭配上周的爆款新品：意式千层面。不管怎样，两者倒还相配。若论起来，味道应该还很不错……虽然他一向不习惯苦口醇厚的意式咖啡，总觉得有股豆子焦了

---

① CONELRAD，Control of Electromagnetic Radiation，是美国20世纪50年代和60年代初期的一种应急广播系统，用于在核战争威胁下向公众传达信息和警报。

的味道。

比尔·布莱克随即现身，意气风发地招呼道："嗨，拉格尔。嗨，维克。"这些天来他老爱穿一身常春藤学院风格的衣服，系领扣，套修身裤……当然，发型也得搭全。毫无特色的平头，只能让拉格尔联想到部队的板寸头，别无其他。也许事实就是：像比尔·布莱克这种积极上进的奋斗青年，要努力表现出行伍气质，甘做社会大机器的一颗螺丝钉，方不忘本分。从某种意义上讲，也的确如此，这类人往往在某个组织里任职，做个小官。当前案例比尔·布莱克就在市政供水部门工作。每逢晴朗日子他出门都不驾车，而是步行，穿着单排扣西装昂首阔步，那模样活像根细长杆子，上衣和西裤都紧绷得有些无厘头。相当做作，拉格尔想，也相当过时。凭一己之力苦撑着男装复古风潮……每天早晚看见比尔·布莱克在屋子周围晃来晃去，总感觉像在看老电影似的，而布莱克僵硬的"倍速"步伐更加深了那种印象。甚至包括他的声音，拉格尔想，语速极快，音调极高，音色还很尖。

但他终将出人头地。拉格尔意识到，世道就这么怪，那种狗腿子类型的员工，没有任何独到见解，只靠无脑跟风顶头上司，连怎么系领带、怎么剃胡子都有样学样的人，却往往得到青睐，一路升迁。在银行，在保险公司、电力大厂、导弹制造所、大学里……他曾见过这样的助理教授，一面讲着深奥的科目（例如五世纪基督教异端派别研究），一面使出浑身解数往上爬。什么都舍得，只要不是把媳妇送去行政楼色诱……

不过，拉格尔相当喜欢比尔·布莱克。这人三观端正，有理有节，浑身洋溢着少年感——拉格尔四十六岁，布莱克则不超过二十五岁。他勤学新知，努力消化吸收。他善于交谈，不站在道德高地评判他人，也不固守成见。他能够随势而为。

譬如说，拉格尔想，假如电视得到上流圈层的接纳，那么比尔·布莱克第二天一早就会去买台彩电。还是有必要为他美言一下的。不能仅仅因为他拒绝看席德·西泽的节目就称他“不懂变通”。当氢弹真正投下时，电磁波辐控信号也救不了命，大家都一样活不成。

“最近忙啥呢，拉格尔？”布莱克边问边轻巧地坐上沙发边沿。玛戈陪茱茱进了厨房。电视机前的维克一脸怒意，不满访客突然打扰，想尽量多看一幕西泽和卡尔·雷纳的对手戏。

“净耗在那傻瓜盒子[①]上了。”拉格尔对布莱克说道，本意是模仿布莱克惯常的说法，布莱克却选择无视字面以外的意思。

“国民大娱乐。”他喃喃道，侧了侧身子，以免眼角余光触及屏幕，“我以为这会影响你手头的事儿。”

“我的活儿早干完了。”拉格尔说。他已于六点前寄交了字列。

电视节目的场景结束，一则广告取而代之。维克关掉了电视。现在他把怒意转到了广告商身上。“那些广告真叫人烦，”

① Idiot box，指电视。

他嚷嚷道，“广告音量为什么总比节目音量大那么多？每次还得专门调小。”

拉格尔告诉他：“广告通常是本地播的。电视节目则是沿着同轴电缆从东边传过来的。”

“有一个办法能解决这个问题。”布莱克说。

拉格尔打岔道：“布莱克，你怎么老穿这种傻不拉几的紧身裤？像个跑船的一样。”

布莱克笑答：“你从来不看《纽约客》的吗？要知道，这穿法可不是我发明的。我又左右不了男装的时尚。别赖我，男士时装一向都傻不拉几的。”

“那也没必要助长这种风气。”拉格尔评论道。

“如果你必须在公共场合出面，”布莱克说，“那可由不得自己做主，别人穿什么你就得穿什么。对吧，维克多？你平时也出门见人，一定同意我的看法。”

维克说：“我十年来一直穿普通的白衬衫，配家常的羊毛休闲裤。农副零售业穿这身已经够好了。”

“还得系围裙吧。”布莱克插话。

“只是剥生菜的时候。”维克纠正道。

“问一下啊，”布莱克说，“这个月零售指数怎么样？生意还是不景气吗？”

“有点吧，”维克说，“但影响不大。预计再过一个月左右就能好转，现在是周期性的淡季。”

拉格尔明显感受到了姐夫语气的变化。一涉及生意——自己的生意——他就变得守口如瓶，拐弯抹角，颇具专业水准。其实生意从没有真正关张，而且一直有回暖的迹象。再说了，就算全国指数降到谷底，个人的具体业绩也不受影响。这就好比，拉格尔想，要问一个人感觉如何，他肯定得说感觉不错。问一个人生意如何，对方的第一反应要么是回答生意惨淡，要么会说正在好转。两种答案都没有实际意义，只是一种套用说辞。

拉格尔于是问布莱克："用水的零售情况如何？市场还坚挺吧？"

布莱克赞许地笑笑，"没错，人们都还洗澡刷碗。"

玛戈走进客厅说道："拉格尔，意式浓缩咖啡要吗？你呢，亲爱的？"

"我不要。"拉格尔说，"午饭喝咖啡喝饱了，到现在还清醒得不得了。"

维克应道："我要一杯。"

"千层面呢？"玛戈问三人。

"不用，谢谢。"拉格尔再次婉拒。

"我尝一点。"维克说，比尔·布莱克也跟着他摇头晃脑，"需要帮忙吗？"

"不用。"玛戈说完，回了厨房。

"别往肚子里塞太多意餐。"拉格尔劝维克，"那东西很实在，面饼大、调料足，见效也很快，你懂的。"

布莱克也插进话来:“没错,你腰间都有点凸出来了,就那儿,维克多。”

拉格尔揶揄道:“哈哈,你还指望一个在超市农副部打工的家伙能怎么样?”

这话似乎让维克很是恼火。他瞪了拉格尔一眼,小声叨叨:“至少这是份正儿八经的工作。”

“啥意思啊?”拉格尔说。其实他清楚维克的意思。至少姐夫在打工挣钱,每天早出晚归,而不是像他一样,在客厅里瞎捣鼓,研究些日报上鸡毛蒜皮的东西……有天两人争吵时,维克曾骂他幼稚,就跟寄回麦片包装盒上的标志,再添十美分换购魔法解谜徽章的那些小孩没什么两样。

维克耸耸肩说:“我可不觉得在超市上班有什么丢脸的。”

“你可不是这意思。”拉格尔直接反驳。出于某种说不清道不明的原因,这种暗讽他全心全力参与《公报》竞猜的话语,他反倒喜闻乐见。也许是因为虚耗时间和精力令他问心有愧,需要受到责罚才能促使他继续破罐子破摔。与其体味胸中那深深啮心的自我怀疑与指摘,不如痛快地接受外源性的贬损。

而与此同时,每日字列让他净赚的收入比维克在超市流血流汗挣得的还多,这令他颇为得意。况且他还不必费时间坐公交往返市区。

比尔·布莱克走到他旁边,俯身拉过一把椅子说:“不知道你看到这个没有,拉格尔。”他遮遮掩掩地打开一份当天的《公报》，以近乎毕恭毕敬的态度，翻到第十四版。页面顶端位置印了一排男男女女的照片，中间那张正是拉格尔·古姆本人。下方的图注写道：

《小绿人接下来在哪里？》竞猜史上最强擂主拉格尔·古姆。两年来蝉联全国冠军，纪录至今无人能破。

登报的其他人都位列积分榜前茅。竞猜面向全国，由多家报纸联合举办。地方小报负担不起如此高昂的成本。有一天他计算出，这项竞猜的运营费用，超过三十年代中期著名的老金竞猜返利，以及常年开放的“我与欧喜朵香皂的不解之缘”二十五字以内征文的奖金。不过，这种竞猜能够提高发行量，尤其在这个时代，人们更常看的是漫画和电视……

我越来越像比尔·布莱克了，拉格尔想，动不动就数落电视。其实国民本身也只是拿它打发时间。想象一下，围坐电视前的家家户户总在抱怨：“这个国家怎么了？怎么一点也看不出教育水平？道德都沦丧了吗？怎么老是播摇滚乐，不放我们当年听的那些金曲，比如珍妮特·麦克唐纳和纳尔逊·埃迪主演的《五月时光》？”

比尔·布莱克紧挨他坐着，一手拿报纸，一手用食指点着照片。眼前的情景显然令他心潮涌动。天哪，老拉格尔·古姆的照片上了报纸，全国上下家喻户晓！多么光彩！住在邻家的明星！

“我问你，拉格尔。”布莱克说，“你的确从这场‘小绿人’竞猜里挣了不少钱，对吧？”他脸上写满艳羡之色，“靠这个，只消几小时就能赚到一周的收入。”

拉格尔阴阳怪气地应道：“名副其实的躺赚。”

“不，我知道你在其中付出了很多努力。”布莱克连忙解释，“你做的是创意性工作，只是干好干坏自己说了算。不能只把‘工作’定义成在某个地点伏案工作。”

“我就是伏案工作的。”拉格尔说。

“但是，”布莱克坚持要说明白，“这更像是一种爱好。不是贬低你的意思：一个人从事爱好的时候，会比上班有热情得多。我自己就很清楚，在车库里开电锯‘吭哧吭哧’的时候，真的挥汗如雨。当然——这两者有区别。”他转头问维克，“明白我的意思吧？他不是在下蛮力，就像我刚才讲的，是在搞创意。”

“我还从来没这么觉得。”维克回答。

“你不觉得拉格尔做的事富有创意吗？”布莱克继续追问。

维克仍说：“不。不见得吧。”

“那，一个人全凭自身努力拼出一片天，这叫什么？”

“我只觉得，”维克回答，“拉格尔确实有能耐，一蒙一个准。”

“蒙?!”拉格尔喊道，感觉受到了侮辱，“竟然这么说！你不是看过我通盘分析研究往期答案吗？”对他而言，最不恰当的提法就是“蒙”。真靠蒙的话，他只需要坐在字列表格前，闭上眼睛，抬手瞎挥几下，在所有方格中间胡乱点中一个，然后标注清楚寄出去，等待结果揭晓。“你填所得税申报单的时候也靠瞎蒙吗？”他最喜欢以此类比自己参与竞猜的脑力过程，“你每年只需要算一次，而我每天都要算。”他又对比尔·布莱克说，“想一想，你每天都得重新做的当日营收报表，跟这个是一回事。每天做账时，要把往天的表格都过一遍——日积月累，堆积成山。没一处瞎蒙，全是精确数字，通过运算、图表得出。”

无人搭腔。

“但你乐在其中，不是吗？”布莱克终于打破沉默。

“应该算是吧。”他说。

“能不能教教我？”布莱克拘谨地问道。

“不能。”他说。这位邻居之前就提过好多次。

“我学了不是要抢你饭碗。”布莱克说。拉格尔笑了。

“只是为了偶尔赚几笔外快。比方说，我想在后院修一段挡土墙，免得冬天老有稀泥巴溅到院子里。材料费大概要六十美元。假如我能答对——多少次？四次？”

“四次，”拉格尔确认，“就能净得二十美元，同时，你的名字会进入榜单，参与积分赛。”

维克插话道：“跟报纸竞猜界的查尔斯·范·多伦[①]打擂。”

“就当你在夸我吧。”拉格尔说，那话语里透出的嫉恨让他

① Charles Van Doren，1950年代美国电视百科问答节目《21点》常胜擂主之一。

很不舒服。

千层面很快被分食一空。大家各尝了一点，而比尔·布莱克和拉格尔的打趣，让维克觉得自己非得尽量多吃不可。他的妻子不满地看着他吃完。

“我做的饭菜你可从来没吃成这副猴急样。”玛戈说。

他顿时后悔不该吃那么多。“这个好吃。”他硬着头皮接茬。

茱茱·布莱克咯咯笑道：“说不定他会愿意去我们家住上一阵呢。”她那张轻佻的小脸上露出一种常有的内涵式表情，绝对会惹恼玛戈。茱茱·布莱克这个眼镜妹，维克想，打扮得可够风骚的。其实她并非毫无魅力，只是那头黑发编成两根粗麻花辫垂落身前，他实在不好这口。说真的，他的心一点也没被她撩动。他不喜欢肤黑个矮精神足的女人，尤其是动不动就咯咯笑的，像茱茱这种，借一口雪莉酒的酒力就能硬缠着别人的老公授受不亲。

后来，据玛戈嘴碎八卦，他的小舅子回应了茱茱·布莱克的邀约。拉格尔和茱茱成天都在家，手头空闲时间不少。家里蹲可真是糟糕，玛戈时常说，一个男人整天待在小区里，而别家的汉子全上班去了，只有主妇留守家中。差不多可以这么讲。

比尔·布莱克连忙打圆场，“实话说，玛戈——这盘面不是她做的，是我们在回家路上，从梅子街一家食店买回来的。”

茱茱·布莱克却不觉尴尬，哈哈大笑。

两个女人收拾好桌子以后，比尔提议打几手扑克。他们反复商量好赌额，便拿出筹码和一副牌。今天按一枚筹码一美分换算，所有颜色同样分值。这两家人每隔一周就聚到一起打牌，如今谁都不记得最早是怎么攒的局了。很有可能是由两个女人发起的，茱茱和玛戈都喜欢玩牌。

牌局正酣时，萨米出现了。“爸爸，”他说，“能给你看个东西吗？”

“我刚还在想，你去哪儿了？”维克说，“今晚一直没听你出声。”这轮他已经弃牌，有点时间换换脑子。“什么东西呢？”他问。儿子极有可能需要他指导。

“给我小声点，”玛戈警告萨米，“明明看到大人在打牌。”她紧张的脸色与颤抖的声音表明，她这手牌相当不错。

萨米说：“爸爸，我搞不懂天线要怎么接。”他把一个金属架放在维克的那堆筹码旁边，架子连着电线，看得出上面还有些类似于电子元件的东西。

“这是什么？”维克不解地发问。

“我的矿石收音机。”萨米说。

“矿石收音机是什么？”他追问。

拉格尔适时开口。“这东西是我让他做的。”他解释道，“有天下午，我给他讲二战的故事，提到了当时操作过的无线电设备。”

“收音机，”玛戈说，“多么令人怀念啊！”

茱茱·布莱克问:“那是他自己做的收音机吗?”

“收音机的原始雏形,”拉格尔说,“最早的那种。”

“他不会有触电的危险吧?”玛戈表示担心。

“绝对不会,”拉格尔答道,“它根本不用电的。”

“那咱们就来看看。”维克说着,拿起金属架端详,希望自己的知识储备足以帮到儿子。但事实显而易见,他对电子学一无所知,窘样全写在了脸上。“呃,”他语带迟疑,“可能是某个地方短路了吧。”

茱茱说:“还记得我们二战前听的那些广播节目吗?《人生之路》啦,《玛丽·马丁》啦,好些肥皂剧。”

“《玛丽·马林》。”玛戈纠正道,“那都有——好家伙,二十年了!真是黑历史啊。”

茱茱哼着《玛丽·马林》的主题曲《月光》,跟了最后一轮加注。“有时候我挺怀念电台广播的。”她说。

“现在的电视就是可视化广播嘛。”比尔·布莱克抖机灵,“广播就是音频版电视。”

“你这矿石收音机能收到什么吗?”维克问儿子,“还有电台在发报吗?”在他的印象中,无线电台都已关停好几年了。

拉格尔说:“大概能监听到舰对岸呼叫、飞机着陆指令之类的。”

“还有警方通话!”萨米大声宣布。

“没错。”拉格尔说,“警方仍在使用车载无线电。”他伸手从维克手里接过矿石收音机。“待会儿我可以检查一下电路，萨米。”他继续道，“但我眼下这手牌太好了，明天怎么样？”

茱茱说：“没准能收到飞碟信号呢。”

“是啊。”玛戈表示同意，“那才应该是你努力的目标。”

“我还从来没想过这些。”萨米答道。

“哪有飞碟这种东西。”比尔·布莱克烦躁地说着，摆弄手里的牌。

“哦，没有？”茱茱说，“别自欺欺人了。有那么多人看到过，还轮得到你来狡赖。死活就不接受目击者的书面证言是吗？”

“他们目击的只是气象气球、流星、气象现象之类。”比尔·布莱克反驳道。维克倾向于同意他的观点，也看到拉格尔在频频点头。

“绝对是。”拉格尔说。

“可我在报刊上看到，真有人乘坐过飞碟。”玛戈坚持己见。

大家都笑了，只有茱茱面无表情。

“那是真事。”玛戈说，“我在电视上也听到过。”

维克说：“我最多只会承认，天上好像是有某种怪东西在飞。”他记起了自己的一次经历。去年夏天，在一趟露营旅行中，他曾望见一个明亮物体飞速划过天空，其速度之快，没有任何飞机能与之匹敌，即使喷气式飞机也难以望其项背。那东西的轨迹更像是一条抛物线，倏忽间掠过天际。此外，他在夜里也偶尔会听到轰隆隆的声响，仿佛重型载具低速行过天空，窗户都随之震动，所以那响声绝不是玛戈所断言的脑鸣。她曾在一篇医疗文摘杂志文章中看到，脑鸣是高血压的征兆，从那以后就一直催他去找保健医生做个体检。

他拿回待完成的收音机还给儿子，继续打牌。新的一手牌已经发完，轮到他下注了。

“我们要把这台矿石收音机正式定为基地装备，”萨米告诉他，“把它锁在基地里严密保管。未经许可，任何人都不得擅自使用。”邻里的孩子们众志成城，齐心协力在后院用木板、铁丝网、柏油纸修了一座牢靠但不太好看的基地，周周都要在那里搞几次大动作。

“挺好。”维克边说边研究手里的牌。

“每次他说‘挺好’，”拉格尔开口，“就代表他连个对子也没有。”

“我也发现了，”茱茱说，“每次他扣下牌从桌子边走开，就代表他有炸弹。”

此时此刻，他恰好有点想离开桌子。刚才胡吃海塞得过了头，胃里那团千层面和意式浓缩咖啡的混合物（外加晚餐）开始蠢蠢欲动。“现在我身上就好像有个炸弹。”他说。

“你脸色好差。”玛戈关切道，又转头对拉格尔说，“他可能确实有些不舒服。”

“感觉更像是亚洲流感。”维克说笑道，往后挪开椅子站起身，“我马上回来。我没弃牌啊，只是去吃点药让肚子好受些。”

“啊，天哪！”茱茱惊道，“他刚才确实吃太多了。你说得对，玛戈，他要是撑死了，都是我的错。”

“撑不死的。”维克说，“吃哪种药好？”他问妻子。家里的药品由女主人保管。

“药柜里有几片乘晕宁，”她心不在焉地答道，消了两张牌，“在卫生间那儿。”

“消化不良用不着吃镇静剂吧？”比尔·布莱克急忙叫住他，一面离开房间走过客厅，“伙计，药下得太猛了！”

“乘晕宁又不是镇静剂，”维克答道，半是自言自语，“是一种止吐药。”

“一回事。”布莱克的声音顺着客厅传来，追着他进了卫生间，一直飘到他耳朵里。

“一回事个鬼。”维克说道，被消化不良搅得心烦气躁。他伸手在头顶摸索灯绳。

玛戈喊道：“快回来，亲爱的！你要换几张牌？大伙儿等着往下打呢，别吊着我们呀。”

“好吧。”他咕哝着，仍在摸索灯绳。“三张，”他喊道，“换我那手牌的最上面三张。”

“别啊。”拉格尔叫道，“自己回来选，免得你待会儿说我们弄错了。”

漆黑的卫生间里，他还没有找到垂挂的灯绳。恶心和烦躁越发加剧，他只能摸黑瞎折腾，高举双臂，两手并用，张开十指乱摸乱抓。他的双手随身体划了个大圈，头撞在药柜一角上，随即咒骂了一句。

“你还好吧？”玛戈大声道，“出什么事啦？”

“灯绳摸不着了。”他说。他现在怒火中烧，想赶紧吃了药回去打牌。常用的东西天生就爱躲猫猫……随后，他突然想起，根本就没有灯绳。墙上有个开关，就在门边，与肩平齐。他立刻找到它，“啪”地打开，从药柜里取出药瓶。转眼间，他已接好一杯水，服下药，匆匆走出卫生间。

为什么我会记得有根灯绳？他问自己，一根明确的绳子，装在明确的位置，垂至明确的高度。

我不是像在陌生卫生间里一样胡乱摸索，而是在搜寻一根拉过多次的灯绳。反复拉动的次数之多，已经在非自主神经系统中建立了条件反射。

“你们遇到过这种事没有？”他一边说，一边在桌边坐下。

“接着打。”玛戈说。

他新摸了三张牌，下注。下家连续加注，他跟注，输了，便靠上椅背点燃一支烟。茱茱·布莱克拢过赢得的筹码，笑容逐渐疯狂。

“遇到什么事？”比尔·布莱克说。

“去摸一根从来没存在过的开关拉绳。”

“就这，耽搁你那么久？”玛戈说，为输了一手而烦躁不已。

“我会是在什么地方，养成了往头顶摸灯绳的习惯呢？”他问她。

“不知道。”她说。

他在脑海里把记忆中所有出现过的灯盏过了一遍。家里、店里、朋友家里。全都是墙壁开关。

“这年头基本上见不到拉绳开关了，”他念念有词，“通常是老式顶灯才带绳子。”

“很简单啊。”茱茱说，“你小时候，很多很多年前，三十年代，人人都住在还没过时的老式房子里。”

“可它怎么会突然从脑子里蹦出来呢？”他说。

比尔评论道：“有意思。”

“没错。”他表示赞同。

大家似乎都来了兴趣。

“会不会是这样？”比尔说，“压力迫使你倒退回了幼儿期。你身体不舒服，于是潜意识紧张起来，向你的大脑发出脉冲信号，警告你体内机能出现了异常。许多成年人都会在生病期间产生返婴现象。”他热衷于精神分析学，开口时相关术语信手拈来，表明他很熟悉这类文化问题。

“什么狗屁玩意儿。”维克说。

“可能是某个无意中拉惯的灯绳开关。”茱茱提供另一条思路，“比如以前你开那辆大排量旧道奇的时候，去过的某个加油站；或者是你家和店面这种重点场所之外，每年每周都要去好几次的地方，像洗衣房、酒吧之类的。”

“烦人。”他说道，不想继续打扑克了，久久没回桌旁。

“肚子感觉怎么样？”玛戈问。

“死不了的。”他说。

众人对他奇特经历的兴趣似乎淡去了，或许只有拉格尔例外。拉格尔以异样的眼神看着他，像是谨慎地按捺住了好奇心，仿佛还想追问维克，却因某种隐情克制住了自己。

“打牌呀。”茱茱催道，“谁坐庄？”

比尔·布莱克坐庄。钱纷纷丢进了底池。隔壁房间里，电视机播放出舞曲，屏幕暗淡下来。

楼上，萨米在房间里捣鼓矿石收音机。

房舍里一派温馨祥和。

怎么回事？维克纳闷，我在卫生间里撞了什么鬼？到底是去过哪个地方记不起来了？

3

啪！

在卫生间里对着镜子刮脸的拉格尔·古姆，听到了晨报落在门廊上的声音。他的胳膊肌肉抽了一下，安全剃刀贴着皮肉斜划过下巴。他赶紧移开手，做个深呼吸，闭眼稍憩后，才睁开眼继续刮胡子。

“你那里头快好了吧？”紧闭的门外传来姐姐的喊声。

“好了。”说完，他洗了脸，拍了些须后水，擦干脖子和手臂，打开卫生间的门。

身穿浴袍的玛戈现身门外，立即从他旁边冲进卫生间。“我好像听到报纸送来的声音了。”她关上门，扭头说道，“我马上要开车送维克去超市，帮个忙赶萨米出门吧？他还在厨房——”话语被洗脸池里的水声打断了。

拉格尔走进卧室穿上衬衫，扣好全部纽扣，将各式领带评判一番，从中挑出一条墨绿色的针织款，系好，穿上外套，自言自语道：

现在去取报纸。

动身之前，他着手搬出了参考书、资料、统计图、分析图、扫描仪。今天，因为先准备这些，报纸入手的时间推迟了十一分钟。他在客厅里摆好桌子——房间还残留着前夜阴湿的凉意与烟味——然后打开前门。

看到了，水泥门廊上放着《公报》。叠成一卷，用橡皮筋捆着。

他捡起来，捋掉橡皮筋。橡皮筋弹飞了，消失在门廊旁的灌木丛中。

他看了几分钟头版新闻，了解艾森豪威尔总统的健康状况、国债发行情况以及中东领导人的阴险举动。然后他折回报纸，看了漫画版和读者来信。正看得入神时，萨米从旁边挤了出去。

“拜拜，”萨米说，“下午见。”

“好的。”他说，几乎没注意外甥。

玛戈紧接着出现，匆匆经过他身边，前往人行道，边走边摸出车钥匙。她打开甲壳虫车锁，钻进车里发动引擎。车内暖和起来，她擦掉挡风玻璃上的水汽。早晨空气清新，几个孩童沿着街道朝文法学校的方向一路小跑。路旁车辆纷纷启动。

“我忘记催萨米上学了，”维克从房里出来，走上旁边的门廊时，拉格尔说，“不过他靠自己也完成了任务。”

“放轻松，”维克说，“别费太大力气去搞竞猜。”他把外套披在肩上，走下台阶，踏上小路。片刻之后，玛戈给甲壳虫挂上挡，载着维克呼啸而去，前往通向市区的干道。

车不大，噪声还不小。拉格尔自忖道，仍然待在门廊上看报纸。没多久，早晨清冽的空气便叫他败下阵来，他扛不住了，转身回屋，来到厨房。

目前他还没看第十六版，也就是《小绿人接下来在哪里？》答题表所在页。表格占据了大部分版面，除此之外内容寥寥，只有参赛说明与评析，以及往期获胜者的消息。还有积分榜，列出了当前所有打擂人的名单，以报纸能印清晰的最小字号呈现。当然，他的名字很大，独一无二，单列在擂主框里，每天稳踞原地不动。在他的名字下面，其他名字都只是昙花一现，不太够得上能叫人留意的门槛。

报上会给每天的竞猜题目提供一系列线索，他总会仔细阅读，以达成解题任务本身的先决条件。当然，真正的难题在于，要从答题表的1208个方格中选出正确的一个。线索其实毫无帮助，但他姑且相信它们蕴含着与实际信息相隔十万八千里的联系，于是习惯性地记住它们，希望个中真意能通过潜意识传递给他——既然从字面上无法传递过来。

燕之毫厘，广以千里。

大概要用到一连串牵强附会的联想……他脑海中搅起隐秘艰涩的沉滓，层层下降，想触动某种下意识反应。“燕”音同“宴”，暗示和吃有关。当然还有飞行。飞不也是性的象征吗？燕归卡皮斯特拉诺，加州小镇。[1]同时，整个句式提示了谚语“差之毫厘，谬以千里”。那为什么要用“广”替换“谬”呢？广即是大，鲸……大白鲸。啊，联系起来了。飞越重洋，或许目的地就是加利福尼亚。由此他又联想到方舟和鸽子。橄榄枝。希腊。继而联系到烹饪……希腊人善于经营餐馆。又和吃相关！有道理……而鸽子向来是美食家的最爱。

桑钟激鸣嗤嗤。

这条让人胃里一紧。简直狗屁不通。不过，“激”应该是暗指搞基（男同性恋）。“桑”，陌上桑，美人，娘炮基佬，“嗤嗤”就是他的笑声。这句像是仿拟“丧钟为谁而鸣”，约翰·多恩的布道文，也是海明威一本书的标题。“鸣”音同“茗”，钟即是铃。摇铃，叫茶。再摇小银铃，叫糖。教堂！卡皮斯特拉诺的燕子教堂！合上了！

线索思虑至此，他听见前门小道上传来脚步声，于是放下报纸，快步走进客厅，看看来人是谁。

迎面走来的是个中年男子，又高又瘦，身穿宽松的粗花呢西装，抽着雪茄，腋下夹着马尼拉文件夹。他面相和善，像是牧

---

①每年三月，大量燕子从阿根廷迁徙至美国加州卡皮斯特拉诺的燕子教堂，场面蔚为壮观。

师或者管道检查员。拉格尔认出了他。这人是《公报》的代表，之前来过好多次，有时是给拉格尔送支票（通常是邮寄），有时是来确认最终的答案字列。拉格尔有些愕然，洛厄里这会儿来干吗？

洛厄里不慌不忙地走上门廊，扬手轻触门铃。

铃，钟，拉格尔想，表，代表。也许那两条线索是为了告诉他，报社要派洛厄里登门拜访。

“嗨，洛厄里先生。”他打开门招呼道。

“你好，古姆先生。”洛厄里露出真挚的笑容。他的举止丝毫不古板严肃，怎么看也不像是来通知坏消息或者意外状况的。

“有何贵干？”拉格尔急问，全然忘了待客礼仪。

洛厄里叼着“荷兰船长”雪茄，盯着他看了一会儿，说道：“我给你带了几张支票……社里觉得亲自送上门来比较好，因为他们知道我今天要开车来这边。”他在客厅里踱步，“顺便，为保险起见，有件事要找你确认，关于你昨天的竞猜答案。”

“我寄了六份。”他说。

“没错，六份都收到了，”洛厄里对他眨了眨眼，“但是你没有标注优先次序。”他打开马尼拉信封，摆出六张答题表，为方便携带，它们被缩拍到更方便的尺寸。洛厄里递给拉格尔一支铅笔，又说：“我知道你只是疏忽了……还请按要求标记一下序号。”

“糟糕。”他低呼。怎么急得连标序号都忘了？他迅速地按顺序从一到六完成了标记。“给。”他说着，递回表单。多么愚蠢的疏忽，要不是报社专程来确认，险些害得他输掉比赛。

洛厄里找个地方坐下，挑出标“1”的那份答案细细研究，时间意外地长。

“答对了吗？”拉格尔问，虽然他清楚，洛厄里也不知道。答案字列都得转交到竞猜总部，在纽约或芝加哥或者别的什么地方。

“唔，”洛厄里说，“时间到了自然见分晓。这份就是你定的一号答案吧，首选答案。”

“对。”他说。竞猜团队和他达成了秘密协定，允许他为每天的谜题提交超过一个答案，最多十个，同时规定必须按优先顺序编号。如果一号答案不正确，就会被销毁——视同从未提交过——接着判定二号答案，依此类推，直到最后一个。一般情况下，他对解题有十足的把握，会把答案限制在三到四个。当然，数量越少，越能博得团队的好感。据他所知，其他人都没有这项特权。目的只有一个，很简单：避免他被拉下擂台。

这是主办方提出的，因为有一次，他的解答离正确答案只差几个方格。他选作答案的方格通常较为集中，同顶点不共边。但在少数情况下，答题表上的备选方格相距甚远，他便难以定夺。这样的话，直觉不够强烈，就只能拼运气。不过，只要能感觉到答案位于某片小范围区域，就比较安全，总有一个是正确的。打擂的两年半中，他错了八次，那几次所有答案字列都落了空，然而竞猜团队却允许他继续参赛。秘密协定里有一条，允许他“借用”过去的正确答案。每答对三十次就允许他错一次，如此往复。利用规则的网开一面，他一直稳坐擂主宝座。外人都不知道他答错过，这是他和竞猜团队之间的秘密，而双方均无动机将其公开。

显然，从宣传角度看，他已经颇有价值了。为什么公众会希望同一个人一次又一次地猜对？他不得而知。很明显，只要他猜对，守擂就能成功。但公众就是有这样的心态，已经认可了他的名字。按照报社给他解释的那套理论，公众喜欢反复看到认识的名字。他们抗拒变化，这关乎心理上的惯性定律。只要他出局，公众就不希望他（任何人也是一样）再回头；而只要他留在擂台上，唔，那就永远别下去吧。静摩擦力是向着他的，现时，巨大的反作用力顺应而非悖逆他的方向，用比尔·布莱克的话来讲，就是“顺应潮流”。

洛厄里盘腿而坐，抽了口雪茄，眨着眼睛说道：“今天的题目看了没？”

“还没，”他回答，“只看了线索。那两句话有什么含义吗？”

“字面上没啥含义。”

“我知道。我是想问，它们到底有没有意义，不管是内涵上的，寓意上的，还是形式上的？或者只是为了让大家相信，命题方确实预设了答案？”

“你这是什么意思？”洛厄里话语中带着一丝愠怒。

“我有个猜测，”拉格尔说，“不是有理有据的猜测，但想想挺有意思。也许根本就没有正确答案。”

洛厄里挑了挑眉，“那我们凭什么宣布某个答案获胜，而其他答案落败呢？”

“说不定你们只是把所有字列看一遍，挑一个最顺眼的。哪个好看选哪个。”

洛厄里说：“别把你的技巧往我们身上套。”

“我的技巧？”他不解。

“是啊，”洛厄里继续道，“你解谜是从美学角度，而不是从理性角度出发。你造的那些扫描仪，从空间、时间维度总结规律，尽量填空补缺，建立完整模型，预测变量加一后的结果走向。这不是理性分析，不是智力活动，反倒像——嗯，吹玻璃花瓶的方法。我不是反对你这样，爱怎么做是你的事。我只是觉得你没有真正去解谜。我怀疑你从来就没搞清楚线索的含义。说真的，你要是搞得清楚就不会那样问了。”

没错，他意识到，我从来没解出过线索。事实上，他根本没想过会有人能通过解读线索，得到实际的信息。比如，每句第三个单词首字母列出来，加上十，用所得数字对应到具体的方格？想到这里，他不禁笑了出来。

“笑什么？”洛厄里一本正经地说，“跟你聊正事呢，搞得不好一大笔钱就没了。”

“我只是想到了比尔·布莱克。”

“那是谁？”

“一个邻居。他要我教他玩竞猜。”

“嗯，假如你是基于美学推算——”

“那可没法教。”拉格尔替他说完，“他运气不行，所以我刚才那样笑。他想挣一点外快，但铁定会失望的。”

洛厄里的回应带着些许道义上的愤慨。“你是高兴自己的天赋无法传授吗？它虽然不是通常意义上的技巧……更像是——”他搜肠刮肚也没找到合适的词，“鬼知道，但显然不是运气问题。”

“很高兴听到有人这么讲。”

洛厄里絮絮叨叨：“说真心话，谁能想象你可以一天接一天地猜对？简直匪夷所思。这个概率超出了计算阈值，至少是逼近了极限。真的，我们确实计算过。一颗豆子叠一颗，都快挨着参宿四了。”

“参宿四是什么？”

“一颗很远的星星。我只是打个比喻。不管怎样，我们知道你不是瞎猜……可能除了在最后阶段，需要在两三个方格之中抉择的时候。”

“那种时候我会抛硬币。”拉格尔认可了他的看法。

“但话说回来，”洛厄里若有所思地揉着下巴，雪茄随着他嘴唇的动作上下晃，“既然已经从一千多个方格排除到只剩最后两三个，碰碰运气也无妨。到了那个阶段，谁都只能瞎蒙。”

拉格尔表示赞成。

茱茱·布莱克蹲在自家车库里，将脏衣服塞进面前的自动洗衣机。她赤脚踩在冰冷的水泥地上，哆嗦着直起身子，拿过一盒洗衣粉，往滚筒里倒进一溜粉末，然后关上小玻璃门，启动机器。隔着玻璃，衣服开始旋转。她放下洗衣粉盒，看了眼腕表，走出车库。

“啊！”突然看到拉格尔站在车道正中，她发出一声惊呼。

“我想过来走走。”他说，“我姐在熨衣服。整个房子里都是那种淀粉浆略微烧焦的煳味，就像鸭毛和着留声机唱片一起放在旧油桶底上烤。”

她发现他正用眼角余光偷瞄她。他那对毛簇拉碴的枯草色粗眉蹙成一团，双臂抱胸，硕大的肩膀拱成一座小山。午后阳光下，他的皮肤闪着深古铜的色泽，她很想知道这是怎么炼成的。她费尽心思也晒不出那么好看的颜色。

“你穿了个啥？”他问。

“铅笔裤啊。”她说。

“铅笔裤，”他重复道，“有一天我问自己，为什么会迷恋穿裤子的女人？这背后的心理原因是什么？然后我又自问自答，这他妈有什么不好？”

“我该说，谢谢你？”她接过话。

“你真有气质。”他说，“特别是光脚的样子，让人联想到一部电影里，女主角双手朝天高举着，光脚跑过沙丘。”

茱茱却问：“今天的竞猜怎么样？”

他耸耸肩，显然是想摆脱这个话题。“我觉得该去散散步了。”他说着，又朝她斜瞟一眼。这令她暗自得意，却又不免顾虑是不是有扣子没扣牢，有些按捺不住偷偷看向下身的冲动。不过，除了双足和小腹，她身上都遮得严严实实的。

“这是露脐装。”她说。

“嗯哪，看出来了。”拉格尔答道。

“你喜欢——？”她这个调调，姑且算是在调节气氛。

拉格尔几乎有些唐突地说：“我想问问，你要不要去游泳。今天天气挺好，不太冷。”

“我还有一大堆家务活儿要干。”她说。但这则邀请令她心动。在市郊北端的公园里，邻近荒山的位置有个带泳池的游乐场。自然，主要是孩子在那里玩耍，但偶尔也有成人出现，还能经常碰到拉帮结伙的青少年。和年轻人厮混总是令她快乐。她刚刚高中毕业几年，还没完全做好身份的转变。在她的意识里，她仍属于那群用高音喇叭播放电台流行乐的飙车族……姑娘们身穿毛衣和短袜，小伙子们穿蓝牛仔裤配羊绒衫。

“去拿泳衣吧。”拉格尔说。

“好。”她同意了，“只能去一个小时左右，然后我就得回来。”她犹豫了一下，又说，“玛戈没有——看到你过来吧？”她早发现玛戈喜欢嚼舌根。

“没有，”他说，“玛戈在忙——忙着熨衣服呢。”他比画着，终于给出结论，“抽不开身的，知道吧。”

她关掉洗衣机，拿上泳衣和毛巾，很快，便和拉格尔一道大步迈过城区，前往游泳池。

有拉格尔在身边，她备感平静。她总是被健硕男子吸引，尤其是中年大叔。在她看来，拉格尔的年龄正合适。瞧瞧他的非凡履历，例如在太平洋上服役的经历，如今又在报纸竞猜活动中闻名全国。她喜欢他那张瘦削冷峻的刀疤脸，那是纯爷们的脸，没有一点赘肉，丝毫没有双下巴的痕迹。他的头发卷曲而凌乱，发色浅淡偏白。她总觉得梳头的男人娘兮兮的。比尔每天早上都要花半个小时打理头发，虽然他现在理了平头，没之前那么神神道道了。但她厌恶平头的手感，坚硬的发根总让她想到牙刷。而且比尔的身材只套得进那件窄肩常春藤学院风格的大衣……他几乎没有肩膀。他唯一参加的运动是网球，她也真正对此厌烦透了。一个男人，穿白短裤配短袜网球鞋！充其量就是个大学生……还跟她第一次遇到他时一个样。

“你不会觉得寂寞吗？”她问拉格尔。

“嗯？”

“你单身呀。”她念高中时认识的同龄人，除了几个条件极差的以外，大多数都已结婚了。“我的意思是，跟姐姐姐夫一起住虽然挺好，可是你就不想找个老婆，组建自己的小家庭吗？”

说到“老婆”的时候，她刻意加重了字音。

拉格尔思索一番说：“到头来还是会找的吧。可问题的实质在于，我是个游民。”

“游民。”她重复着这个词，想到了他竞猜赢得的奖金。天知道总数加起来有多少。

“我不喜欢一成不变，”他解释道，“大概是战争期间养成了漂泊的观念吧……更早的时候又经常搬家。我父母离婚了。我的性格真的很抗拒稳定……不想人生被定义成房子、妻子、孩子、家庭，成天过着拖鞋加烟斗的居家生活。”

“有什么问题呢？那样才有安全感啊。”

拉格尔说：“可我总不安分。”他立马又更正道，“以前有老婆的时候，也的确不安分。”

“哦？”她来了兴趣，“那是什么时候？”

“好多年前了。那时还是战前，我刚二十出头。当时我遇到了一个女孩。她在一家货运公司做秘书，人很不错，纯波兰裔。她非常聪明，一点就透，可惜我接不住她的壮志雄心。她一心只想进上流阶层，想在花园里开派对，在露天庭院里烧烤。”

“我觉得没啥问题呀。”茱茱说，“向往优雅生活是一种自然的追求。”她的这个理念出自《美好家园》，她和比尔订阅的杂志之一。

“唉，不是刚跟你说过，我是个游民嘛。”拉格尔咕哝着，撇开了话题。

路面变得崎岖，地势逐渐走高。这里的住宅有着更大的草坪和花台，高门大户，金碧辉煌，全是富人豪宅。街道时宽时窄，视线不时被茂密的树丛打断。上方山坡上更是有一片宽阔的林地，守护着市郊最边缘的那条街——奥林巴斯大道。

“住这种地方我也没意见啊。”茱茱说。她想，这里比那些没地基的单层平房好多了。不至于一个大风天就没了屋顶，也不至于一晚上忘关水龙头，水就灌满车库。

天空中，一粒亮闪闪的光点在白云间疾速穿梭，一闪而逝。片刻过后，她和拉格尔才听到远方传来微弱的呼啸，几乎有些不可思议。

“喷气机。”她说。

拉格尔手搭凉棚，皱起眉头仰面望向天空。他停下了脚步，叉开双腿跨立于人行道中央。

“你不会怀疑它是架俄国喷气机吧？”她俏皮地问。

拉格尔说：“真想知道天上到底在搞什么。”

“你是指上帝的行事？”

“不，”他说，“跟上帝完全无关。我是指那些时不时飘来飞去的东西。”

茱茱又道：“维克昨晚说他在卫生间里习惯性地摸灯绳，你记得吧？”

“记得。”他说着，继续同她一起费劲地爬坡。

“于是我想了想，这种事我从没遇到过。”

“挺好。”拉格尔说。

“只除了一次，我记得很清楚。有一天，我在外面扫人行道的时候，听到屋里电话响了。那大概是一年前，总之，我当时在等一个确实很重要的电话。”电话是她在校期间认识的一个小伙子打来的，但她撇除了这个细节。“嗯，我丢下扫帚就往里跑。你知道我家门廊前有两级台阶吧？”

“知道。”他应着，留神听她说话。

“然后我往上跑，接连跨了三步。我的意思是，我以为还有一级台阶。不对，我其实没费那么多心思去想台阶的数量，也没有在心里念叨要爬三级台阶……”

“你是想说，你不假思索地就跨了三步。”

“对。”她说。

“摔倒了吗？”

“没有。”她说，“它不是像你以为只有两级实际有三级那种情况，会摔个狗啃泥，再磕掉一颗牙。它是以为有三级结果是两级——真的很诡异，抬高腿想再跨一步，结果落脚比预想的低——啪！不重，只是——嗯，就像你的脚硬要去踩个什么不存在的东西一样……”她沉默了。每次她想解释某个抽象的概念，就总感到词穷语乏。

“嗯——”拉格尔沉吟着。

“维克就是这意思吧？”

“嗯。”拉格尔又哼了一声，她便没再提起这茬。他似乎没有心情聊这些事。

阳光煦暖，茱茱·布莱克在他身旁闭眼仰躺着，平举胳膊伸了个懒腰。她带了条毯子，蓝白条纹的毛圈式披巾，此刻正垫在身下。她那身黑色分体式羊毛泳衣，让他联想到从前的日子，座椅吱嘎响的汽车、足球赛、格伦·米勒的乐队；搞笑的厚重旧布料、木质便携收音机，人们什么都往海滩上扛……半截埋进沙子的可口可乐瓶，蓄着金色长发的姑娘们，手肘撑地俯卧着，如同可口可乐“98 磅[①] 稻草人”广告里的女郎。

他细细打量着她，直到她睁开眼睛。她取下了眼镜，和他独处时往往如此。“嗨。”她说。

拉格尔称赞道：“你真是个花容月貌的美人，茱恩。”

“谢谢。”她说着，抬眼冲他笑笑，然后又闭上了眼睛。

花容月貌，他想，尽管还青涩。有些笨拙，但也说不上愚蠢。总爱回味高中时代……草坪上，一群小孩在奔跑尖叫，你推我搡。泳池里，年轻人戏水打闹，少男少女整个身子浸在水中混在一起，辨不出巾帼与须眉。只有等他们爬上露台瓷砖，才看得出身着分体式泳衣的是女生，男生则只穿泳裤。

一个冰激凌小贩推着白色搪瓷小车，在旁边的石子路上来

① 英美制质量单位，1 磅约为 0.45 千克。98 磅约为 44.5 千克。可口可乐这则广告展示了瘦弱的人在饮用了可口可乐后，通过锻炼身体，变得强壮、自信，传达了“喝可口可乐会让人变得更强壮、更自信”的信息。

来回回。小铃儿丁零当啷，向孩子们送出诱惑。

又是铃铛。拉格尔想，没准那线索是提示我今天会逛到这里来，陪茱恩·布莱克一起——出于某种恶趣味，她总喜欢自称茱茱。

我会爱上这种小骚货吗？一个刚高中毕业、成天嬉皮笑脸的妹子，虽然已经找了个工作狂结婚，却仍然喜欢花式什锦香蕉船，不懂得品味优质红酒、威士忌，甚至喝不惯黑啤。

自古英雄难过美人关。他想，阴阳交汇，水乳交融。老浮士德博士见那村姑在屋前小径上洒扫，他那满腹经纶、学识与理义便全抛到九霄云外了。

太初有道，他暗忖。

或者，换用浮士德的解译，太初有为。

瞧我的。他暗暗给自己鼓劲，俯身对那看似睡着的女孩低诵："'Im Anfang war die Tat.[①]'"

"去死哦。"她喃喃道。

"你知道这话什么意思吗？"

"不知道。"

"想不想知道？"

她支起身子，睁开眼睛说："你知道我就只在高中学了两年西班牙语，其他啥外语都没学过。别哪壶不开提哪壶了。"她气呼呼地翻个身，背对他侧躺。

---

① 德语，意为"太初有为"。

“那是句诗，”他解释道，“我想借此对你表白。”

她又翻过身盯着他。

“可以追你吗？”他说。

“让我想想。”她应着，过了一阵终于回答，“不行，绝对成不了。早晚会被比尔或者玛戈逮到，免不了一番腥风血雨，说不定你连竞猜都得被强制退出。”

“甜蜜 CP（couple，情侣）谁不嗑。”他说着，俯身擒住她的脖颈，向她双唇吻去。她干涩的小嘴仓皇逃向旁侧。他忙用双手抓紧她的喉咙。

“救命。”她的声音娇弱无力。

“我爱你。”他向她告白。

她眼神狂乱地盯着他，瞳孔至黑至烈，仿佛在想——天知道她在想什么，许是一片空白。他就像抓着一只纤肢细腿的吓疯了的小动物。它感官敏锐、反应迅速——在他身下拼命挣扎，指甲扎进他的胳膊——但它却毫无理智，不懂得放眼未来，长远计划。只要松开手，它就会跳开几码[1]远，顺顺毛皮，把一切忘记。抛开恐惧，冷静下来，也再不记得方才发生的一切 。

我敢打赌，他想，每个月一号报童来收钱的时候，她肯定免不了惊诧一番。什么报纸？什么报童？什么两块五？

“你想害我们被赶出公园吗？”她凑近他耳朵说道，脸上写满了拒绝，五官拧作一团，在他正下方放射凶光。

① 英美制长度单位，1 码约为 0.91 米。

几个行人路过，回头笑了笑。

处女心态，他想，她身上有种触动人心的东西……遗忘的能力，令她每次出淤泥都不染。他猜想，无论她与男人交往多密，她的心灵或许都不受沾染，还是当年那个穿毛衣配鞍背鞋的少女。等她到了三十、三十五、四十岁，哪怕她的发型会随着年龄改变，她的妆容会更浓，甚至可能节食，但外表之外的一切，仍旧永葆青涩。

“你不喝酒的吧？”他说。烈日当空加上心中焦渴，他无比想念啤酒，“愿意为了我去找家酒吧坐坐吗？”

“不去，”她说，“我想晒会儿太阳。”

他不再压着她，她立刻坐起，身子前倾整了整肩带，拂去膝盖上的草屑。

“玛戈可得怎么说呀？”她恼道，“她平日里就爱嚼舌八卦，到处挖别人脏料。”

“玛戈多半去提交请愿书了，”他说，“硬要让市里把空地上的杂物清理掉。”

“那倒是功德一件，比硬盯着别人老公老婆要好多了。”她从手包里拿出一瓶防晒霜，往肩膀上涂抹，刻意无视他的存在。

他知道，有一天他会得到她的。在某个偶然的情形，当她处于特定的心境。他认定，事先布置各种小道具是值得的，为那一刻，都值得。

那个蠢蛋布莱克，他心里暗想。

公园之外，往市内方向，一片不规则的平坦地块上绿白交错，他不禁又想到玛戈。坐在高处望去，残垣清晰可见。三块无主空地，水泥地基从未经受推土机撬掀。房屋主体早已拆除，看不出曾经的模样——想必已闲置数年，因为水泥块俱已风化、开裂、泛黄。从这里看去倒挺舒服，颜色很协调。

他能看到孩子们在废墟间钻进钻出。他们最爱的玩乐场所……地下室成了山洞地窟，萨米偶尔也去玩。玛戈的观点也许没错，说不定哪天，就会有小孩闷死在里头，或者被锈铁丝划伤，染上破伤风死掉。

我们坐在这儿晒太阳，他想，而玛戈到市政厅辛劳奔波，为大家做公益。

“差不多该回去了吧。”他对茱茱说，“我也该去敲定今天的字列了。”那是我的工作，他自嘲地想，维克在超市忙上忙下，比尔在供水公司干活，我则在调情中荒废了一天。

于是他对啤酒的渴望变得急切无比。啤酒在手，可解万忧。啮心的烦闷难以排遣。

“我说，”他起身告诉茱茱，“我要去山上那个甜品站，看看他们会不会有啤酒。没准儿有的。”

“请自便。”

“要给你带点什么吗？根汁汽水？可乐？”

“不用，谢谢。”她的语调颇为正式。

他迈着沉重的步子爬上草坡，走向甜品站，一面想着，我迟早得跟比尔·布莱克正面对决。

那家伙要是发现了我俩的事，不知道会变什么脸色。他会不会是那种狠人类型，以主君之姿守卫男人最神圣的净土，若有外人胆敢染指，便二话不说，取下点二二猎枪就上膛开火？

盗猎皇家豢鹿，谈何容易。

他走上一条水泥小径，沿途设有绿色的木质长椅。形形色色的人，多已老态龙钟，坐在长椅上俯瞰草坡及下方的泳池。一位体态发福的老妇人对着他笑了笑。

她是不是全都知道？他自问，是不是看见了，方才山下上演的，并非春潮涌动的嬉笑打闹，而是罪恶，近乎私通？

“下午好。”他愉快地打招呼。

她和蔼地点头回礼。

他伸手探进口袋，摸到一些零钱。甜品站前有一长溜孩子，排队等着买热狗、冰棒、脆皮雪糕、橙汁。他站到队伍后面。

一片安宁祥和。

突如其来的悲凉感漫过心房。这辈子完全荒废了。他这个人，四十六岁，成天在客厅里捣鼓什么报纸竞猜。没有按劳计酬的合法工作，没有老婆，没有孩子，没有自己的家。还跟隔壁的有夫之妇鬼混。

庸庸碌碌的一生。维克说得对。

不如就放弃竞猜，他暗下决心，放弃一切，去外面闯闯，干点别的。戴上锡头盔到油田里挥汗，或者耙树叶，或者去某家保险公司坐班算数字，或者兜售房产。

干什么都比现在更成熟，更负责任。我就是赖着不愿长大……净摆弄些爱好，拼粘飞机模型什么的。

排在前面的孩子接过糖果跑开了。拉格尔把五十美分的硬币放在柜台上。

“有啤酒没？”他问道。自己的声音听起来怪怪的，缥缈又虚无。系白围裙戴白帽的店员盯着他，眼睛直直的，身体一动不动。什么都没发生。四周鸦雀无声，孩童、车辆、风，仿佛全数关停。

五十美分硬币向下掉落，穿过木板，下坠，消失。

我快死了，拉格尔想，差不离了。

恐惧攫紧了他。他想说话，嘴唇却不听使唤，僵在那里，发不出一点声音。

不会吧，他想。

又来了！

又遇到这种事！

甜品站崩解为分子。组成它的颗颗微粒，无质无色，在他眼前飞散。他的视线穿透过去，直抵远方，望见它背后的山丘、树木与天空。甜品站在他眼前骤然消失，连同里面的店员、收银机、商用橙汁机、可乐及根汁汽水分配阀、瓶装饮料冷藏柜、烤肠机、芥末罐、蛋筒架，还有那一排盛放各种口味冰激凌的厚壁金属圆桶。

取而代之的是张纸条。他伸手接住，只见纸条上印着三个大字：

甜品站

他转身，踉踉跄跄往回走，经过玩耍的孩童，经过长椅上的老人。他一边走，一边伸手进外套口袋，摸到里面揣着的金属匣。

他停下脚步，打开匣子，低头凝视里面存放的纸条。然后添上这张新的。

总共六张。六次了。

瘫软的双腿颤抖不止，冰冷的颗粒依稀在脸上凝结。冰粒滑进他的衣领，从绿色针织领带旁滚落。

他走下斜坡，走向茱茱。

4

日落时分，萨米·尼尔森拖着没回家，在旧地基奔忙了一个小时，与布奇·克莱恩和利奥·塔斯基一道，搬起石板瓦堆成一大堆，筑起真正的拱形防御阵地。这块阵地或许可以一直坚守下去。接下来是收集土块，长出长长杂草的那种，适合远投。

寒冷的晚风吹拂过身旁，他蹲在胸墙背后，不禁有些发抖。

战壕还需加深。他握住一块插在土里的木板，连拽带拔，一大团砖块、灰浆、屋瓦、杂草和泥巴给撬松了，滚到他脚边。断裂的两截预制板夹缝下露出一段空间，很可能是旧地下室，也可能是条排水沟。

看不出里面能找到什么。他趴下来，刨出一把把灰泥和铁丝网线。他卖力地清理着，身上沾满了尘泥。

朦胧暮光中，他眯眼看去，发现一叠湿漉漉的黄纸，是电话簿。后面有几本泡水的杂志。

他狂热地不停往里刨。

***

晚餐即将开始。维克来到客厅，大大咧咧地在小舅子对面坐下。早些时候，拉格尔曾问他能否抽出几分钟时间和自己聊聊。见对方一脸阴沉，维克说："需要关门吗？"饭厅里，玛戈已经开始布桌了，杯盘的响声混杂着电视上的六点钟新闻传来。

"不用。"拉格尔说。

"想聊竞猜的事？"

拉格尔吐露心事："我在考虑主动退赛。我快撑不住了，压力太大。听我说，"他向维克倾过身子，眼眶红红的，"维克，"他继续道，"我有些精神崩溃。千万别告诉玛戈。"他的声音颤抖着，低了下去，"我觉得应该找你聊聊。"

维克一时找不到合适的词语作答，半晌才开口："是竞猜的原因吗？"

"大概是吧。"拉格尔打了个手势。

"多久了？"

"已经好几周，两个月了吧，记不清了。"他陷入沉默，视线投向维克身旁的地板。

"跟报社的人说了吗？"

“还没。”

“他们不会抓狂吧？”

拉格尔说：“我可管不了他们什么反应。我坚持不下去了，大概得出趟远门散心，甚至出国。”

“天哪。”维克说。

“我累瘫了。也许休息六个月之后能感觉好点。我可以干些体力活，上流水线，或者在户外下力。我想跟你捋一捋开支方面的问题。去年平均下来，我每个月为家里补贴了大约两百五十美元。”

“没错，”维克说，“应该差不多。”

“少了这块的话，你跟玛戈能撑下去吗？比如车房按揭那方面的开支？”

“当然，”他说，“我觉得能行。”

“我想给你们开一张六百美元的支票，”拉格尔说，“有备无患。需要的话就兑现，不需要就先留着。最好是存银行……支票有效期只有一个月左右，是吧？建议你开个户，能有 4% 的利息。”

“你还什么都没有跟玛戈提过吗？”

“没有。”

门口传来玛戈的声音：“晚饭快好了。你们俩板着脸坐那儿干啥呢？”

“谈正事。”维克说。

“我能坐过来听听吗？”她问。

“不行。”两人异口同声。

她一言不发地走开了。

“接着说，”拉格尔继续道，“如果你愿意听的话。我打算去退伍军人医院……利用退伍军人的身份获取某种医疗援助，但我怀疑精神疾病是不是不在诊疗范围内。研究过《退伍军人权利法案》之后，我也在考虑去大学读个什么专业。”

“学什么呢？”

“呃，比如说，哲学。”

这让他觉得有些匪夷所思了。“为什么？”他问。

“哲学是避难所，是慰藉，没错吧？”

“没听过这句话，大概是前人说的吧。我印象中的哲学，是探讨终极实在观、人生目的之类的？”

拉格尔面无表情地反问：“这有什么问题吗？”

“没有，只是想提供一些思路。”

拉格尔说：“我空余时间倒看过一点。我在想，贝克莱主教，唯心主义者他们，比如——”他朝客厅一角的钢琴挥了挥手，“要怎么确定钢琴的存在？”

“没法确定。”维克说。

“那它可能就不存在。”

维克说：“抱歉，我听起来只觉得是一串没意义的词语。”

话音刚落，拉格尔的脸就完全失去了血色。他半张着嘴望向维克，慢慢从椅子上起身。

“你没事吧？”维克说。

“我得好好想想。”拉格尔费劲地挤出几个字。他站直身子，又说，“对不起，过会儿再跟你聊吧。开饭了……好像是。”他走进饭厅，身影消失在门口。

可怜的家伙。维克想，他这样子难免会失意。整天坐在这儿，孤独又寂寞……外加挫败感。

“需要我帮忙摆桌吗？”他问妻子。

“都搞定啦。”玛戈说。拉格尔直直经过她身旁，沿过道走向卫生间。“出什么事了？”玛戈问，“拉格尔今晚是怎么了？好衰的样子……不会是竞猜失手了吧？我知道他故意瞒着不想告诉我，可——”

“待会儿给你细讲。”他说道，搂着她吻了一下。她温暖的躯体靠在他身上。

要是他有个家，维克想，也许就好过些了。家庭的温馨，世间无与伦比，任谁也无法夺去。

四人围在桌旁吃晚餐，拉格尔·古姆自顾自坐在那里沉思。对面的萨米滔滔不绝地讲着自己的秘密基地及其强大的攻防机制。他充耳不闻。

词语，他思索着。

哲学的核心问题。言语与客体的关系……言语是什么？

任意符号。然而，生活寓于言语之中。我们的现实以言语定义，而非物体本身。物体无以自证存在，皆由心理格式塔而生。物性……对物质的感知。一种观念。言语比它指称的客体更为真实。

言语并非指称现实。言语即是现实，至少对我们而言。也许上帝能触及物质，但人不能。

玄关壁橱内挂着他的大衣，兜里揣了个金属匣子，里面有六则言语。

甜品站

门

厂房

公路

饮水机

碗形花坛

玛戈的声音将他拉回现实。“不是叫你别去那里玩吗?!”她的语调尖锐而响亮，切断了他的思路，“听好，不许去玩。妈妈在跟你说话呢，萨米！上心一点！”

“请愿的进展如何啦?”维克问道。

“我去见了个小职员，他说什么市里目前资金紧缺之类的。最让人火大的是，上周在电话里头，他们还说已经在招标了，随时可能开工，结果只是口头做样子。没法让他们采取任何措施。什么都指望不了。一个人哪，什么都指望不了。”

“干脆叫比尔·布莱克放水把空地灌了。”维克说。

“行啊，”她接过话，“把孩子们全淹死，省得绊倒了，给头上磕个大窟窿。”

晚饭后，玛戈在厨房洗碗，萨米在客厅里躺着看电视，他和维克又聊了几句。

“跟竞猜主办方请个假吧。”维克提议。

“我觉得他们不会批。”他对整套规则相当熟悉，记忆中没有这条规定。

“试试呗。”

“可以。”他应道，挠着桌面上的一处地方。

维克说：“昨晚的事我真挺过意不去的。希望那番话没有让你不愉快，真希望不是我害得你这样消沉。”

“不是你。”他说，“真要追究我消沉的缘由，竞猜也许算一个。还有茱恩·布莱克。”

“听哥一言，”维克劝道，“你自己照顾自己，也比茱茱·布莱克强得多。而且，怎么说她也是有主之人了。”

“跟了个白痴。”

“无所谓吧，我也是对事不对人。”

拉格尔说：“难以想象，比尔·布莱克和茱恩·布莱克竟然都是事而不是人。算了，我也没心情跟你就事论事。”

“到底怎么了，跟姐夫说说。”维克坚持道。

“没什么。”

“讲出来吧。”

拉格说:“幻觉。就是这。反复发作。”

“要不要再详细一点？”

“不了。”

“是不是有点像我昨天晚上的经历？不是八卦你啊，我只是自己闹不明白，觉得有些不对劲。”

“是有些不对劲。”拉格尔说。

“我不是指你或者我，或者哪一个人。整体都不对劲。”

“‘这是一个颠倒混乱的时代。’①”拉格尔说。

“要不，咱哥俩再对对？”

拉格尔说:“我自己遇到的事，我不会告诉你。你现在一本正经地点头答应，到明后天，当你在超市里闲晃，跟那些收银员嚼舌根的时候……找不到话题，就会把我抖搂出去的。而且还添油加醋，听得人个个起鸡皮疙瘩。关于我的飞短流长已经够多了。别忘了我也是全国竞猜界的大神。”

“随你怎么想，”维克仍不死心，“但也许我们能——得出什么发现。说正经的，我很烦恼。”

拉格尔缄口不言。

“你不能把自己封闭起来。”维克说，“我得对老婆孩子负责

① The time is out of joint，语出莎士比亚的《哈姆雷特》。

任。你是不是已经控制不住自己了？知道自己该做什么，不该做什么吗？”

“我不会发神经的，”拉格尔说，“至少没有理由相信自己会发神经。”

“咱们全家得住一起，在同一屋檐下。”维克指出，“假设我跟你说，我——”

拉格尔打断道：“假如我觉得自己威胁到你们的生活，我就走。反正我早晚都得离开，兴许就这几天。所以你只需要忍到那个时候就好。”

“玛戈不会让你走的。”

这话令他哈哈大笑。“她想留也留不住。”他说。

“你确定现在这种自怨自艾，不是情场失意引起的？”

拉格尔没有回答这个问题。他从桌前起身，走进客厅，萨米正躺在那儿看《荒野大镖客》。拉格尔一屁股坐到沙发上跟他一起看。

没有机会开口，拉格尔意识到。

太糟糕了。糟透了。

“这西部片咋样？”趁着插播广告的间隙，他赶紧跟萨米搭话。

“挺好。”萨米说。男孩的衬衫口袋里露出一截皱巴巴的白纸。纸面污渍斑斑，残余着岁月的痕迹。拉格尔探身去看，萨米没有在意。

“你口袋里是啥东西？”拉格尔问。

“啊，”萨米说，“之前我在旧地基上修防御堡垒的时候，撬了块木板起来，发现下面有一堆旧电话簿和杂志之类的东西。”

拉格尔伸手拈出男孩口袋里的白纸。在手中捻开，就成了几根细长的纸条，每张上面都印着黑体的大字，经过日晒雨淋已模糊难辨。

加油站

牛

桥

“这些都是公共空地上找到的吗？”他诧然问，思绪无比混乱，“你自己挖出来的？”

“是啊。”萨米说。

“可以给我吗？”

“不行。”萨米说。

他胸中涌过一波狂怒。“那这样，”他尽力控制住情绪，提议道，“我拿东西换，或者买。”

“你要这东西干什么？”萨米说道，电视也不看了，“它们值钱还是怎么的？”

他如实回答：“我在收集这种纸条。”他来到玄关壁橱前，手伸进大衣里掏出匣子，拿回客厅，然后在萨米身边坐下，打开匣子，给男孩看他目前到手的六张纸条。

“一张十美分。”萨米说。

男孩总共有五张纸条，其中两张污损严重，看不清上面的字。但他还是付了五十美分，全部拿走，到静处独自思索。

也许就是场恶作剧。他想，我被诈骗分子盯上了，因为我是一流的竞猜夺冠大神。

多亏了报纸的宣传。

但这说不通啊。完全说不通。

他怀揣疑惑，努力将五张纸条展平，然后塞进匣子里。他感觉心里有些地方比之前更堵了。

当天晚些时候，他找了支手电筒，穿上厚外套，朝旧地基的方向进发。

下午陪茱茱远足时，已经走得腿痛了，好不容易到达空地，他不禁自问这趟行程是否值得。出师不利，手电光芒照及之处，只有水泥碎块的黑影、雨水半满的泥坑、成堆的木板和灰浆。他在四周徘徊良久，将电筒左右扫射。终于，在一脚绊倒摔到一团锈铁丝上之后，他找到了那处简陋的瓦砾掩体，显然出自男孩们之手。

他蹲下身，将光束转向掩体附近的地面。天啊，那光圈中间，泛黄的纸边正熠熠闪着微光。他把电筒夹到腋下，双手发力向外拔，纸页随之而出，竟有厚厚一沓。萨米的判断没错，这似乎是本电话簿，至少是其中一部分。

除了电话簿以外，他还成功拽出了一摞花里胡哨的大开本家庭杂志残页。但紧接着，他发现电筒光芒射向了下方远远的蓄水池或排水沟。好险。他立下决定，还是等白天吧。

拿起空地上得来的电话簿和杂志，他准备打道回府。

这地方果然杂沓，他心里想，难怪玛戈会要求市里清理。政府的人准是脑子不好使，只要有小孩摔断一条胳膊，他们就得吃官司。

空地周围的房屋也似乎一片漆黑，无人居住。前头的人行道地面布满裂缝，散落着残砖碎瓦。

孩子们的好去处。

回到家，他带着电话簿和杂志进了厨房。维克和玛戈都在客厅，没留意到他手上有东西。萨米已经睡了。他找了张包装纸铺在饭桌上，然后小心翼翼地将方才的战利品一一摆开。

杂志太湿了，不好翻，于是他放到了循环加热器旁边烘干，又坐到桌旁，着手研究电话簿。

一打开他就意识到，封皮和前后几页都缺失了，只剩下中间一部分。

这不是他习惯的电话簿样式。字体颜色较深，字号较大，页边距也大。他猜测这是因为它收录的内容来自较小的社区。

总机台名称都很陌生。弗洛里安、爱德华兹、湖滨、沃尔纳特。他漫无目标地翻动页面。要找什么来着？随便吧，他想，异乎寻常的，一下就跃入眼帘的信息。比如说，这本电话簿的年代就难以确定。一年前？十年前？第一本电话簿是哪年印刷的？

维克进了厨房，问道："你手里那是什么？"

他回答："一本旧电话簿。"

维克俯下身，视线越过他肩膀看了看，然后走到冰箱跟前，打开门，说道："吃馅饼吗？"

"不吃，谢谢。"拉格尔说。

"这些都是你的？"维克指了指正在烘干的杂志。

"是的。"他说。

维克带上两片莓子馅饼离开，回到客厅。

拉格尔拿起电话簿，来到玄关电话旁。他坐在凳子上，随意选了个号码，拿起听筒拨了过去。片刻之后，他听到一连串的嘟嘟声，之后响起接线员的声音。

"请问您想接哪个号码？"

他念出数字："布里奇兰 3–4465。"

短暂的停顿。"麻烦您挂机重拨好吗？"接线员以高高在上的商务语气说道。

他挂断电话，等了一会儿，又重新拨号。

嘟嘟声立即中断。"请问您想接哪个号码？"接线员的声音在他耳边响起，却不是刚才那人。

"布里奇兰 3–4465。"他说。

"请稍等，先生。"接线员应答。

他静静等待。

“抱歉，先生，”接线员说，“可否请您再查对一下号码？”

“怎么了？”他说。

“请稍等，先生。”接线员话音刚落，线路便陷入死寂。另一端不再传来人声，也听不到任何活物的动静。他等了等，然而什么也没发生。

过了一阵，他挂断电话，再等片刻，又直接拨号。

这一次，他收获了尖厉的警报音，在耳边左右缭绕，震耳欲聋。空号的警示音。

他又选择其他号码拨打，每次都是警报音。空号。最后，他合上电话簿，思虑片刻，拨通了总机台。

“接线员，请讲。”

“我想拨布里奇兰 3–4465，”他说，听不出对方是不是之前那位接线员，“能帮我接一下吗？电话一直报空号错误。”

“好的，先生。请稍等，先生。”长时间的停顿，然后对方再次确认，“麻烦您重新报一下号码，先生。”

他于是重复了一遍。

“该号码已停止使用。”接线员说。

“能不能再帮我核查一下其他号码？”他问。

“可以的，先生。”

他一一念出页面上其余的数字。全部都停用了。

想来也是。很明显这电话簿有些年头了，确然不假。也许这一系列号码全都已被弃用。

他谢过她，挂断了电话。

于是乎，既未证实旧想法，也没得到新信息。

或许可以这样解释：那些号码曾经分配给近处的几座城镇使用。这些城镇合并后，采用了新的号码系统，也许就是在最近，大约一年前，改用拨盘式电话的时候。

他走回厨房，觉得自己蠢极了。

杂志逐渐烘干，他坐下来，取过其中一本放在腿上。翻开第一页，碎屑四散纷飞。这是本家庭杂志，第一篇是关于烟草和肺癌的文章……然后是有关国务卿杜勒斯和法国的文章。下一篇文章的作者，曾带着孩子们徒步穿越亚马孙雨林。之后是小说，西部故事、侦探故事、南太平洋冒险故事。还有广告和漫画。看完漫画，他放下杂志。

下一本的图片更多，类似于《生活》，用纸虽然不如卢斯杂志社的质量那么上乘，却同样位于一线杂志之列。封面缺失了，所以他无法确定是不是《看客》。他猜测要么是《看客》，要么是他见过几次的《肯》。

第一则图片新闻讲述了宾夕法尼亚州一场可怕的火车事故。下一则图片新闻——

一位可人的、有北欧特征的金发女演员。他伸手调整灯的位置，以便向页面洒下更多光芒。

女郎长发浓密柔顺，令人心醉的甜美笑容矜持而又亲昵，叫他难以自拔。她的容颜丝毫不输明星大腕，而锦上添花的，是那紧致饱满的性感下巴；她的脖颈也不像多数“小花”那样贫瘠无奇，而是洋溢着成熟的风韵，肩膀曲线亦堪称绝妙。添一分则肥，减一分则瘦。混血儿。他确信无疑，头发有德国风情，肩部则带有瑞士或挪威的特征。

但真正让他深陷其中，叫他挪不开眼、啧啧称奇的，是这少女的身材。天哪，他自言自语，长相多么清纯的姑娘，怎么发育得如此之好？

少女似乎乐于展示自我。她昂首挺胸，大半的胸脯都流泻出来，供人观瞻。这胸部看起来真是世上最光滑、最紧实、最天然的，而且温软有度。

他没听说过女郎的名字。但他默默想，这就是我们需要母亲的缘由。看哪。

“维克！”他起身拿上杂志带到客厅，“瞧瞧这个。”说着，他把杂志放在维克腿上。

“什么呀？”房间另一头传来玛戈的声音。

“你会嫌它俗的。”维克答道，把手中那片莓子馅饼放到一边。“怕不是真的吧？”他说，“是了，你看下面，没有东西托着，是自然挺拔的形状。”

“她身体前倾啊。”拉格尔说。

“聊美女吗？”玛戈插话，“给我看看，我绝对不找碴儿挑刺。”她走过来站在拉格尔身边，三人一起研究这张照片。诚然，这张满版彩图泡过水后褪了色，染了水渍，但毫无疑问，这女郎真乃人间尤物。

“她的面色好温柔啊。”玛戈说，“又优雅又知性。”

“又性感。”拉格尔说。

照片下方的标题写道：玛丽莲·梦露赴英，与劳伦斯·奥利弗爵士联袂出演新片。

“你们听说过她吗？”玛戈说。

“没有。”拉格尔答道。

“肯定就是个英国新秀吧。”维克说。

“不对，”玛戈反驳，“上面说她赴英呢。她的名字听起来像是美国人。”他们翻到正文。

三人一起阅读残损不全的文章。

“看文章里说，她好像非常有名。”玛戈推测，“万人空巷，夹道欢迎。”

“只是那边嘛。”维克说，“可能在英国人气高，在美国不咋的。”

“不，文章也提到了她在美国的粉丝俱乐部的情况。”

“这东西哪儿来的？”维克问拉格尔。

他说：“空地上，残砖碎瓦里头。就是你们请愿让市里清理的那些东西。”

“这可能是本很老的杂志，”玛戈说，“不过，劳伦斯·奥利弗还活着……我记得去年刚在电视上看了《理查三世》。”

他们面面相觑。

维克转了话题:“你现在愿意跟我细讲一下你的幻觉吗?”

“什么幻觉?”玛戈敏捷地回应,视线从他身上转向拉格尔,“就是你俩之前聊的,不希望我听到的那件事?”

拉格尔沉默片刻,开口道:“亲爱的,我近来一直出现幻觉。”他努力向姐姐挤出阳光的笑容,可她却依旧愁眉不展。“别摆这副苦瓜脸啦,”他说,“没那么糟。”

“到底什么事?”她追问。

他说:“我被一些词语难倒了。”

她顿时反应激烈:“认知出了问题?啊,天哪……艾森豪威尔总统中风后就是这个症状。”

“不,”他说,“我不是这意思。”两人没接茬,他开口刚想解释,却发觉全无头绪。“我是想说,”他换个措辞,“有些东西只是表象。”

然后,他又闭口不言。

“就好像吉尔伯特和沙利文的交情。”玛戈说。

“就是这样。”拉格尔画上句号,“我找不到更好的解释了。”

“也就是说,你认为自己并没有失去理智。”维克分析道,“你觉得问题不在于你自身,而是在外部,是环境本身出了岔子,就跟我摸灯绳那件事一样。”

他思虑良久,终于点点头。“我想是的。”他说。然而,将维克的经历与他的自身经历做类比,却令他有些莫名其妙的厌恶。在他看来，二者并无相似之处。

可能只是我孤傲自骄吧，他想。

玛戈说："你是不是觉得，这是一场骗局？"她语速缓慢，听得人毛骨悚然。

"这么说未免也太奇怪了。"他评论。

"你这样讲是什么意思？"维克问。

"怎么说呢，"玛戈解释道，"《消费者文摘》经常提醒我们注意广告里的虚假宣传和误导信息。你知道的，就是掺假注水之类的。这本杂志里关于这个玛丽莲·梦露的宣传，没准儿就只是一篇商业神吹而已。他们想推一个十八线小明星，所以要给她捏造一个家喻户晓的形象，然后那些第一次听说她的读者就会说，啊，是啊，这是个很出名的女星。我个人倒觉得她不过是个激素失调的案例。"她不再说话，静静站在一旁，神经质般地反复扯耳朵，前额上愁纹密布。

"你是说，她可能是别人捏造的？"维克笑道。

"骗局。"拉格尔回味着这个词。

他内心深处有种异样的感受被勾起，却又无法言喻。

"我可能不走了。"他说。

"你还打算走？"玛戈问，"你们俩都觉得没有必要让我掺和你们的事，是吗？我看，你是打算明天就走，再也不回来吧。到了阿拉斯加记得给我们寄明信片啊。"

她的怨怒让他很是不自在。"别啊，"他说，"对不起，亲爱的。不管怎样，我还是要留下来陪你们的，别多心了。”

“难道你还打算退出竞猜？”

“都没定呢。”他说。

维克未置一词。

他对维克说：“依你看，我们能做什么？到底该怎么做？——不管什么都行。”

“这可难倒我了。”维克说，“你很擅长研究啊，文件啦，数据啦，图表啦……从现在起，给反常现象都做个记录吧。你不是很善于发现规律吗？”

“规律，”他重复道，“是啊，我觉得可以。”他还没想过运用天赋来解决这个问题。“应该可以。”他说。

“把所有线索串起来，收集全部信息，白纸黑字逐个记录——该死，造一台你那种扫描仪过一遍，就能用你的方法看出端倪了。”

“没法实现的。”他说，“我们没有基准点，没有判断依据。”

“简单的归谬啊。”维克提出不同意见，“这篇杂志文章里讲到一个我们从没听说过的世界级著名影星，这就是一个矛盾。我们应该把杂志梳理一遍，仔细阅读每一行、每一个字，找出杂志里还有多少与我们现实生活之间的矛盾。”

“再加上电话簿。”他说。黄色部分，企业名录。而且，旧地基下可能还埋有其他资料。

基准点——旧地基。

5

比尔·布莱克把他五七年款的福特车停进MUDO（Municipal Utility District Office，市政公用事业区办公室）大楼职工停车场的专用车位。他沿着曲折小径来到门口，进入大楼，经过接待处，前往办公室。

他首先打开窗户，然后脱下外套挂进壁橱。清晨凉爽的空气涌入办公室，他深吸一口，伸了几下懒腰，便一屁股坐进转椅，旋转小半圈，面对办公桌。铁丝筐里放着两张纸条。上面那张原来是打掩护，从某个家居专栏里剪下来的食谱，描述用砂锅烹饪花生酱鸡肉煲的做法。他把食谱扔进废纸篓，拿起第二张纸条，以夸张的手势展开，读了起来。

那栋房子里有人尝试拨打布里奇兰、谢尔曼、德文郡、沃尔纳特、肯特菲尔德等地的号码。

简直不敢相信。布莱克心里想着，把纸条塞进口袋，从办公桌前起身，来到壁橱前取下外套，关了窗，离开办公室。他沿着走廊前行，经过接待处，踏上楼外小径，穿过停车场，找到自己的座驾。不多会儿，他便已回到街上，驱车前往市区。

唉，生活不可能十全十美。他自言自语着，驾车穿过早晨的车流。我想象不到那件事意味着什么，也想象不出它怎么可能发生。

也许是街上某个陌生人碰巧路过，敲门借用一下电话。哦？多么可笑啊。

我认了。他对自己说，又是一桩理不出来龙去脉的致命事件。什么也做不了，只能静观其变。谁打了电话？为什么打？怎么打的？

真是一团糟，他喃喃自语。

他把车停在《公报》大楼后门外的街对面，下了车，往停车计时器里塞进一枚十分硬币，然后登上辅助楼梯，进入报社办公区。

“洛厄里先生在吗？”他问前台的女孩。

“我印象中应该不在，先生。”女孩说着，向总机台走去，“您有时间的话，我打个电话问问，看能不能找到他。”

“谢谢，”他说，“告诉他比尔·布莱克来了。”

女孩联系了好几间办公室，最后对他说：“对不起，布莱克先生。他们说他还没来，但应该也快了。您愿意等一等吗？”

“好吧。”他说道，感觉心里堵得慌。他屁股挨上一张长凳，点了支烟，双手交握着坐在那里。

十五分钟后，他听到大厅里传来人声。一扇门打开了，斯图尔特·洛厄里那高高瘦瘦的身影出现，仍是一身宽松的粗花呢。“啊，你好，布莱克先生。”他以得体的语调寒暄道。

“猜猜今早我在办公室拿到了什么。”比尔·布莱克说着，把纸条递给洛厄里。洛厄里一字一句地看完。

“真没想到。”洛厄里说。

“就是场匪夷所思的巧合吧，”布莱克猜测，“十亿分之一的概率。有人打印了一份人气餐厅的清单贴在帽子里，然后坐上供货卡车进城，结果卸货的时候清单从帽子里掉了出来。”他脑中忽然有了画面，“比如卸卷心菜的时候，维克·尼尔森正要把菜搬进储藏室，突然看到了清单，他禁不住念叨：‘人气餐厅清单，我正好需要这个’，于是就把它捡起来，带回了家，贴在电话旁边的墙上。”

洛厄里笑笑，不太确信的样子。

“不知道有没有人记下他打的号码，”布莱克说，“那可能是重要线索。”

“我觉得咱们谁得去一趟那栋房子。”洛厄里说，“我本来就打算周末再去一次，要不你今晚去吧。”

“你是不是认为，我们这里可能有某个奸细渗透进来了？”

“办法倒是挺成功。”洛厄里沉吟道。

“是的。”他说。

“看看能不能查出来。”

“今晚我就去一趟。”布莱克说，“晚饭过后，带点东西去给拉格尔和维克瞧瞧，到时候应该能套出点什么来。”他抬脚准备离开，又想到了什么，“他昨天的字列完成得怎么样？”

“好像没啥问题。”

“他心态又开始崩了。各种迹象都有，后门廊上的空啤酒罐越堆越多，整整一大袋。灌酒灌成那样是怎么工作的？我观察他三年了，还是没明白。”

洛厄里面无表情地说：“我打赌这就是秘诀所在。厉害的不是拉格尔本人，而是啤酒。”

布莱克点头作别，离开了《公报》大楼。

驾车回 MUDO 大楼的路上，一个念头反复在他脑海中翻腾。有一种可能性是他无法面对的，除此以外，别的情况都能解决，别的事都可以安排，但是——

假如拉格尔的认知回到正轨，可如何是好？

当天傍晚，他离开 MUDO 大楼后，中途到一家杂货店寻觅合适的小礼品。最后，他的注意力落在一排圆珠笔上，随即从陈列架上扯下几支，打算带出商店。

“嘿，先生！”店员愤愤然叫住他。

“对不起，”布莱克说，“差点忘了。”这自然是真话，一刹那间，他蓦地忘记了必须走的交易程序。他从钱包里取出一些钞票，接过找零，然后快步回到车上。

他计划带着笔去那栋房子，告诉维克和拉格尔，这是寄到供水公司的免费样品，但市政员工不准收受。好邻居，要不要？开车回家的路上，他反复练习着台词。

最佳的办法往往是简单的办法。

他把车停在私家车道上，跳上台阶，穿过门廊进了屋。茱茱正蜷在沙发上缝衬衣纽扣，她立即停下手中的活儿，抬头偷瞟一眼，心中涌过一波愧疚。他知道自己跟拉格尔去散步，牵了手，还互诉衷肠。

“嗨。”他说。

“嗨，”茱茱应道，“今天工作怎么样？”

“差不多，老样子。”

“猜猜今天发生了什么。”

“发生了什么？”

茱茱说：“我去洗衣店给你取衣服的路上，遇到了伯妮斯·威尔克斯，跟她叙旧聊到母校，就一起去了趟克尔特兹高中，然后她开车载我去市里吃午饭，又一道看了剧。我刚回来，所以晚餐就四片速冻牛肉馅饼。”她心虚地看他一眼。

“我喜欢牛肉馅饼。”他说。

她从沙发上起身。绗缝长裙下搭了双凉鞋，宽领衬衫点缀着奖牌大小的纽扣，她的身姿无比妖娆。精巧的发式拢在脑后，盘成一个经典丸子头。“你真好，”她松了口气道，“我还怕你会气得朝我大吼大叫呢。”

“拉格尔状态如何？”他说。

“我今天没见着拉格尔。”

“嗯。”他开启推理模式，“你上次见到他的时候，他状态如何？”

“我得好好想想，上次见到他是什么时候。”

“你俩昨天才见过面。”他说。

她眨眨眼。“没有。”她矢口否认。

“你昨晚那么说的。”

她将信将疑地问：“你确定？”

他恼火的正是这一点。不是她跟拉格尔鬼混，而是她编造出的这些漏洞百出的故事。这种故事牛头不对马嘴，只能把浑水搅得更浑，特别是考虑到当前要务——他迫切需要了解拉格尔的真实情况。

蠢死了，看中她天真单纯，就选择她共同生活……原本指望她会误打误撞干点正事，结果到了询问详情的时候，撒谎的天性便冒出来保护她自己，卡死整个进度。他需要的是一个既放浪又不惮于坦白的女人，但现在已来不及从头培养了。

“跟我讲讲拉格尔·古姆那家伙的情况吧。”他说。

茱茱却如此回应：“我知道你有你的邪恶猜测，但那只说明你以小人之心度君子之腹。弗洛伊德已经揭示了神经症患者疑心泛滥的机理。”

“只要告诉我拉格尔近些天的心理状态就行。”他说，“好不好？我不管你做了什么。”

这招奏效了。

“我说，”茱茱开口道，慌乱的尖细嗓音传到屋子另一头，“你想让我做什么？承认我和拉格尔有染，是吗？我坐在这里思量一整天了，你知道我在考虑什么吗？”

“不知道。”他说。

“我可能会离开你，比尔，也许会跟拉格尔一起去别的什么地方。”

“就你们俩吗？还继续猜‘小绿人’？”

“我认为你这是在诋毁拉格尔挣钱的能力。你想暗示我，他养不活我们两个。”

“什么鬼东西。”比尔·布莱克说着，自顾自地进了隔壁屋子。

只一瞬间，茱茱便蹿到了他面前。“你是真的鄙视我学历没你高。”她控诉道，梨花带雨的小脸花了妆，似乎还有些肿。她的魅力此时大打折扣。

没等他想出合适的措辞，门铃响了。

“去开门。”他说。

茱茱瞪他一眼，转身离开房间。他听见她打开前门招呼来人，语调强装轻快，仿佛随时可能崩溃。然后是另一个女人的声音。

好奇心使然，他也跟了出去。

门廊上站着一个身穿棉布风衣的中年妇女，体格健壮却面露胆怯。她拿着剪报夹和皮面活页本，胳膊上套了个带徽记的臂章。女人一边用平淡的语调对着茱茱絮絮叨叨，一边在活页本里翻来翻去。

茱茱转头说道："民防的。"

见她伤心得语不成句，布莱克便来到门边，替她应付来客。"什么事？"他说。

中年妇女脸上的怯意更浓了，她清清嗓子，低声道："抱歉在吃饭时间打扰二位，我是住在这条街上的邻居，正在挨家挨户开展民防运动，宣传全民灾害防治。我们亟须白天的志愿者，想了解一下您家里白天是否有人留守，可否每周抽出一两个小时的空余时间……"

布莱克说："我看不大行。我老婆白天在家，但她有别的事要忙。"

"明白了。"中年妇女说着，在写字板上记了几笔，又谦和地冲他笑了笑。显然，这第一轮沟通下来，她已知晓答案为否。"但还是很谢谢您。"套话讲完，她仍徘徊着不走，显然是没想好离开的托词，随后又说："我是凯特尔拜因，凯·凯特尔拜因，住在转角那栋楼，两层的老房子。"

"好的。"他应道，稍稍掩了点门。

此时，茱茱又回来了，她用手帕捂着脸，颤声说道："隔壁有人兴许可以做志愿者。他白天都在家。古姆先生。拉格尔·古姆。"

"谢谢您，请问怎么称呼——"女人感激地说道。

"布莱克太太。"比尔·布莱克替她回答，"晚安，凯特尔拜因太太。"他关上门，打开门廊灯。

"整天都是这些。"茱茱说，"推销墙板的，推销刷子的，还有卖减肥器材的。"她双眼无神地盯着他，把掌中的手帕揉成这样，搓成那样。

"对不起，不该跟你吵架。"他说。他仍然没能从她口中得到任何实质性信息。净是些住宅区白日里见不得光的家长里短……主妇比政治还难打交道。

"我去看看牛肉馅饼好了没。"茱茱说着，往厨房的方向走去。

他双手插进口袋，跟在她身后，仍不死心，想尽量获取有用的信息。

凯·凯特尔拜因走下人行道，踏上隔壁住户的门前小路，凭感觉上了门廊，按响门铃。

门开了，一个和颜悦色的男子出声相迎。他胖墩墩的，上身穿白衫，下身是皱巴巴的深色宽松裤。

她说："您是……古姆先生吗？"

“不是，”他答道，“我是维克多·尼尔森。不过拉格尔也在家，先进来吧。”他扶着门让她进屋。“请坐，”他说，“别客气。我去叫他。”

“非常感谢您，尼尔森先生。”她说着，坐上门口的一张直背椅，把活页本和其他资料放在腿上。屋里暖和舒适，弥漫着晚餐的香味。来得不太是时候，她暗自思忖，太接近饭点了。不过，她能看到餐厅里的饭桌旁还没有坐人。一位棕发的美丽女子正在摆桌，疑惑地瞟了她一眼。凯特尔拜因太太点头回应。

很快，拉格尔·古姆沿着过道向她走来。

慈善活动吧，他一见她就做出了判断。“你好？”他说着，暗暗给自己鼓劲。

女人从椅子上起身，苍白的脸上洋溢着真诚。“古姆先生，”她说，“抱歉打扰您，我是代表民防组织来的——也就是全民灾害防治。”

“明白。”他应道。

她解释说她就住在同一条街上。他一边听一边寻思，为什么她选了他而非维克。也许是因为他的名气。他已经收到了许多倡议邮件，建议他将竞猜奖金捐赠给千秋万代的事业。

“我白天确实都在家，”待她说完，他随即承认，“但我有工作，我是自由职业者。”

“每周只要一两个小时就好。”凯特尔拜因太太说。

听起来不算多。“需要做什么？”他说，“我没车，但愿你不是想找司机。”红十字会曾经来招募过志愿者任司机。

凯特尔拜因太太解释道：“不是的，古姆先生，是要参加一堂防灾指导课。”

正合他意。“主意真不错。”他喃喃道。

“您说什么？”

他又重复一遍：“防灾指导听起来不错。是针对什么特殊类型的灾害吗？”

“只要发生洪涝暴风灾害，民防组织就会发挥作用。当然，目前大家最关心的是氢弹问题，尤其是在苏联拥有新型洲际弹道导弹的情况下。我们的目标，是要在本市每个区培训一定数量的志愿者，培养应对灾害的能力：实施急救、组织迅速撤离、鉴别食物污染，等等。举个例子，古姆先生，每个家庭都应该储存能应急七天的食物，包括七日消耗量的淡水。”

他仍有些疑虑，便说：“好吧，给我留个电话，我考虑一下。”

凯特尔拜因太太抽出一本小册子，用铅笔在底部写下姓名、地址、电话号码。“是隔壁的布莱克太太推荐的您。”她说。

“哦。”他应着，随即想到，茱茱可能是在给他俩制造见面的机会。“社区里应该有很多人参加培训，我想是吧？”他说。

“是的。”凯特尔拜因太太回答，“至少我们期待是这样。”

“帮我报上去吧。”他说，“我确定每周能抽出一两个小时去上课。”

凯特尔拜因太太谢过他，便离开了。门在她身后关上。

真行啊，茱茱。他自言自语。

现在先吃晚餐。

“你是说你报名了？”一家人在桌边坐下，玛戈气势十足地问。

“有什么不好？”他说，“又能普及常识，又是爱国活动。”

“可光是竞猜就够你劳心的了。”

“每周多烧脑一两个小时也没什么区别。”他说。

“你这样我很过意不去！”玛戈叹了口气，“你那么忙，我又成天闲着没事干，我才应该去呢。要不还是我去？”

“不用，”他忙说，生怕她也跟去——既然那将是一个和茱茱见面的大好机会，绝对不行！“他们没邀请你，只叫了我。”

“这样好像很不公平啊。”维克说，“女人就不能爱国了？”

萨米插话道：“我也爱国。我们秘密基地里有全美国最好的原子炮，炮口对准了莫斯科。”他用喉咙模拟出一连串爆炸声。

“你的矿石收音机怎么样了？”拉格尔问。

“超棒的，”萨米说，“已经做好了。”

“都收到了些什么消息？”

“目前还没有，”萨米说，“不过也快了。”

“收到的话告诉我们一声。”维克说。

“就差一点调试没完成了。”萨米补充道。

玛戈收拾好碗盘，端上甜点。随后，维克对拉格尔说：“今天进展如何？”

“六点前搞完了，”他回答，“跟平时一样。”

“我是指另外一件事。”维克说。

那件事其实进展甚微，竞猜占用了他太多的精力和时间。“我已经开始分门别类地梳理杂志上提及的各种事物。”他解释道，“要等到全部拆分、汇总之后，才能得出有用的结论。”他设置了十二类：政治、经济、电影、艺术、犯罪、时尚、科学，等等。“我还在杂志广告栏查询了不同品牌汽车的经销商信息。雪佛兰、普利茅斯、德索托，全都有，唯独差了一个。”

“哪个？”维克说。

“塔克。”

“挺奇怪的。”维克说。

“没准儿卖塔克的这位放在了个人名录里，”拉格尔猜测，“比如‘诺曼·G. 塞尔柯克（塔克经销商）’这样。无论如何，我觉得这条信息还是值得跟你提一下。”

玛戈说：“你为什么用‘塞尔柯克’这个名字打比方？”

“不知道，”他回答，“随便选的。”

“所谓的‘随便’并不随便。”玛戈说，“弗洛伊德指出，随机选择背后总有深层心理的干预。你再想想‘塞尔柯克’这个名字，能联想到什么？”

拉格尔想了想，“可能是翻电话簿的时候随意瞟到的名字吧。”该死的牵强附会，他想，就跟那些解谜线索一样，绞尽脑汁也想不出个道道来，赛里赛外都搅得他不得安生。“有了，”他最后说，“《鲁滨孙漂流记》这本书主人公的原型，亚历山大·塞尔柯克。”

“我还不知道它是真实事件改编的。”维克说。

“是真事。”他确认道，“真有那么一个人在荒岛求生。”

“不知道你怎么会无缘无故想起他，”玛戈说，“一个人在小岛上独自生活，因地制宜创造了属于他自己的社会、属于他自己的世界。所有器皿和衣物——”

“那是因为，”拉格尔说，“二战期间，我就在这样的一座荒岛上待了几年。”

维克又问：“那你有什么思路吗？”

“关于异常情况的吗？”拉格尔朝萨米扬了扬下巴，外甥一直在听他们谈话。

“没关系的，”维克说，“这件事他从头到尾就很关注。是吧，小子？”

“是啊。”萨米说。

维克对拉格尔眨眨眼，转头询问儿子：“那么你说说看，都有什么异常情况。”

萨米答道：“我们陷入了一场骗局。”

“那是他听到我这么讲的。”玛戈说。

“是谁设下的骗局呢？”维克追问。

“是——敌人。”萨米迟疑片刻之后说道。

“什么样的敌人？”拉格尔再问。

萨米想了想，最后说道：“敌人就在我们周围，无处不在。我不知道他们叫什么，他们无孔不入。我猜应该是赤军吧。”

拉格尔对男孩说：“那这个骗局是怎么布置的？”

萨米胸有成竹地答道：“他们架起了很多假枪，枪口对准我们正中心的地方。”

大人们都笑了。萨米涨红了脸，开始摆弄空了的甜点盘。

“那些假枪是原子能的吗？”维克问。

萨米咕哝道：“我记不清楚是不是原子能的。”

“他比我们的进度快多了。”拉格尔说。

晚饭后，萨米回了房间。玛戈在厨房洗碗，郎舅两个又来到客厅。正当这时，门铃响了。

“可能是你的朋友凯特尔拜因太太又来了。”维克说着走到门口。

门廊上站着的却是比尔·布莱克。“嗨，”他说着，进了屋，“我给你们带了点东西。”他抛出几样小物件，拉格尔伸手接住。圆珠笔，看起来质量不错。“你也有两支。”布莱克告诉维克，“是北方什么公司寄来的，我们不能收，这样会违反市里面的受赠规定。如果是吃的喝的、烟酒什么的，可以当天享用完，总之不能私人留存。”

“但是转送给我们没关系？”维克边说边细看手中的笔，“啊，谢谢，布莱克。我正好可以拿到店里用。”

我在考虑，拉格尔思忖道，要不要跟布莱克聊聊？他和姐夫对视片刻，对方的眼神仿佛在点头赞同，他于是说：“你这会有空吗？”

“应该有。”布莱克说。

“我们有些东西想给你看看。”维克接话道。

“好啊。”布莱克说，“咱们一块看。”

维克起身去拿杂志，拉格尔突然叫住他：“等一下。”他又问布莱克，“你听说过一个叫玛丽莲·梦露的人吗？”

听到这话，布莱克脸上露出一种遮遮掩掩的古怪表情。“怎么了？”他慢吞吞地说道。

“到底听说过没有？”

“当然听说过。”他回答。

“他唬你哪。”维克说，“他觉得你在给他下套，不想钻进去。”

“爽快些，给个真实答案，”拉格尔催促道，“没人整你。”

“我当然听说过了。”布莱克说。

“她是谁？”

“她——”布莱克向隔壁房间瞟了一眼，看看玛戈或萨米是否会听见，“她是个好莱坞女星。”

真开了眼了，拉格尔想。

“你等一下。”维克说着走开了，随后带着画报回来。他故意挡着不让布莱克看见，然后发问：“她拍的哪部影片被认为是最佳作品？”

“每个人审美不同啊。”布莱克说。

“随便讲一个呗。”

布莱克说：“《驯悍记》。”

拉格尔和维克在文章里仔细查找，但文中没有提及她出演过这部莎士比亚喜剧。

“另外讲一个，”维克说，“这部没列出来。”

布莱克烦躁地摆摆手，“到底啥事啊？我不大看电影。”

拉格尔说：“这篇文章写道，她嫁给了一位重磅级剧作家。她老公叫什么名字？”

布莱克不假思索地说：“阿瑟·米勒。”

那么，拉格尔下了定论，这一切就不证自明了。

“那我们怎么从来没听说过她呢？”他问布莱克。

布莱克嘲讽地嗤了一声，说道：“这又赖不得我。”

“她成名很久了吗？”

“不，不是特别久。你记得简·拉塞尔吧。《不法之徒》里那个大胸妹。”

“没印象。”维克说。拉格尔也摇摇头。

“总之，”布莱克显然心绪烦乱，但努力克制着，“他们有一套炒作机制，一夜之间她就爆红了。”他停止讲述，凑过去看杂志。“这是什么？”他问，“能让我看看吗，还是说这东西得保密？”

“给他看吧。”拉格尔说。

仔细翻看过杂志后，布莱克发表感想：“嗯，这是几年前的吧，她可能已经从大众视野里消失了。结婚以前，我跟茱茱约会时经常去汽车影院，我记得看过文章里提到的这部《绅士爱美人》。”

维克朝着厨房的方向喊道：“嘿！亲爱的——比尔·布莱克知道她。”

玛戈应声出现，擦着一只青花瓷盘。“他知道？那谜题不就有解了？”

“什么有解？”布莱克问。

“我们有个假设，正在想办法验证。”玛戈说。

“什么假设？”

拉格尔说：“我们三个都觉得有些东西不对劲。”

“哪儿不对劲？”布莱克说，“我没听懂你的意思。”

然后，他们谁也没再说话。

“还有别的什么东西要跟我分享吗？”布莱克打破沉默。

“没了。”拉格尔说。

“他们捡到了一本电话簿，”玛戈补充道，“跟杂志一起的。好些页都缺了。”

“在哪儿捡的？”

拉格尔说：“你管这么多鸟事干吗？”

“我不是管闲事，”布莱克说，“只是觉得你在胡思乱想。”他的声音越来越气愤，“咱们看看电话簿吧。”

维克拿来电话簿递给他。布莱克坐下翻阅，面红耳赤的脸色一直持续不变。“有什么好大惊小怪的？”他说，“这是北边的号码，他们老早就停用了。”他“啪”地合上电话簿扔到桌子上。它慢慢往下滑，快掉到地上时，被维克一把接住。“你们三个的反应好奇怪啊。”布莱克继续道，“尤其是你，玛戈。”他又伸手从维克手中夺过电话簿，起身朝前门走去，“我先带回去看看，过一两天还给你们。我来查一查，能不能找到茱茱在克尔特兹高中的同学。她跟朋友们全断了联系。主要是女生，大概现在都结婚了吧。”他迈步离去，反手带上了前门。

难言的寂静。之后，玛戈说:“他很明显在发火。”

“真是叫人无所适从。”维克说。

拉格尔不知道该不该追出去找比尔·布莱克要回电话簿。但是这样做显然不值得，所以他没有行动。

比尔·布莱克怒火冲天，猛地拉开自家前门，一阵风般从妻子旁边跑过，直奔电话。

“怎么了？”茱茱问，“你跟邻居……跟拉格尔吵架了？”他火急火燎地拨着洛厄里的号码，她走近他身旁，“告诉我，到底怎么了？你去跟拉格尔对质了吗？我想知道他怎么回答你的。要是他说跟我有过什么事儿，那都是骗你的呀。”

“你走开！”他对她说，“拜托，茱茱，老天爷啊！我在工作！”他狠狠瞪着她，她终于知趣，离开了。

“喂。”洛厄里的声音在耳边响起。

布莱克一副“亚洲蹲”的姿势，手中的听筒几乎贴在嘴上，以免茱茱听见。“我刚去过，”他说，“他们弄到了一本电话簿，是最新的或者较新的版本。现在被我扣下了。我找个借口抢了过来，现在脑子还蒙着。”

“问清楚是哪里来的了吗？”

“没问。”他承认，“我心乱如麻，就赶紧溜了。他们真的，开门暴击，我一进去他们就问‘嘿，布莱克——你听说过一个叫玛丽莲·梦露的人吗’，然后就拿出几本水渍斑斑的又破又旧的杂志在我面前晃。那几分钟真是煎熬。”他仍在发抖，冷汗直冒。他把听筒塞到肩膀上夹着，费劲地从口袋里掏出烟和打火机。打火机却从手中滑落，滚远，够不着了。他无奈地盯着它。

“哦，明白了。”洛厄里说，“他们没接触过玛丽莲·梦露，所以就出了破绽。”

“对。”他表示同意。

“你刚才用了个词，说杂志和电话簿水渍斑斑的。”

“没错，”他说，“特脏特破。”

“那他们肯定是在车库里头或者露天坝子上找到的。我想，可能是郡里以前管理的那座旧军械库，现在被炸毁了。残砖碎瓦都还在那儿。你们的人从来就没去清理过。”

“我们清理不了啊！”布莱克说，“那是郡县资产，全由地方管辖。况且那里什么都没有，净是些水泥块和下水管道，用来排放放射性废水废料。”

“最好是派几个人，开辆市政工程车过去，给空地铺个面，修个围墙。”

“我们一直在向郡政府申请许可。”他回应道，“不管怎样，我认为那些东西不是在那里找到的。假如真是——我说‘假如’——那肯定是有人往空地里加了料。”

“你是说，往里藏了宝。”洛厄里插话。

“是啊，好几块金子呢。”

“说不定真是噢。”

“所以啊，就算我们整平空地，那些神秘间谍也会挑户更近的人家藏宝。还有，维克、玛戈或者拉格尔有什么理由跑到空地上去乱翻？他们住在镇子另一头，隔了半英里，而且——”他随即想起玛戈的请愿，那或许能解释她的动机。“也许你说得对，”他改口道，“算了吧。”也可能是男孩萨米发现的。嗯，随便了，至少电话簿抢回来了。

“依你看，他们拿到电话簿之后，有没有查过什么号码？”洛厄里说，“除了他们尝试拨打的那几个以外。”

布莱克立即明白了他的用意。“没有人查自己，”他回答，“他们一直没想到这件事，没查自己的号码。”

“电话簿在你那儿？”

“对。”

“给我念念，他能查到些什么。”

比尔·布莱克稳住听筒，翻开那本水渍斑驳、破烂皱巴的电话簿，翻到 R 字部[1]。找到了，好嘞。

拉格尔古姆公司二十五分公司	肯特伍德	6	0457
下午 5 时至次晨 8 时	沃尔纳特	4	3965
物流部	罗斯福	2	1181
一层	布里奇菲尔德	8	4290
二层	布里奇菲尔德	8	4291
三层	布里奇菲尔德	8	4292
接待部	沃尔纳特	4	3882
紧急呼叫	谢尔曼	1	9000

“要是不小心让他翻到，不知道会有什么反应。”布莱克说。

“只有天知道了。很可能会陷入紧张性昏迷。”

布莱克努力想象那个情景：假如拉格尔·古姆发现了自己的号码——拉格尔古姆公司二十五分公司条目下所列的任意号码，拨过去，那接下来的对话将多么诡异，他思忖，几乎无法想象。

① 拉格尔英文名为 Ragle，归于 R 字部。

6

第二天，萨米·尼尔森放学回家后，就赶紧搬起仍未调试好的矿石收音机出了屋子，穿过后院，前往锁好的秘密基地。

秘密基地门口上方钉着一块标牌，是爸爸从店里拿回来的，请了超市写海报的人书写：

法西斯、纳粹、长枪党、庇隆主义者、赫林卡及库恩·贝拉追随者禁止入内

爸爸和舅舅都坚称这块标牌最合适不过，所以他钉了上去。

他用钥匙打开门上的挂锁，搬着矿石收音机进去，一进门立马闩上门闩，划根火柴点亮了煤油灯。然后，他从墙上的窥孔中取下塞堵物，默默观察一阵，看是否有敌人暗中靠近。

一个人影也看不见，只有空荡荡的后院。隔壁家的晾衣绳上挂着衣物，焚化炉中升起暗沉的灰烟。

他来到桌旁，把耳机戴在头上，将猫须导线往矿石上戳。每次都只听到静电音。他一遍遍地变换位置，最后终于听到——或是幻听到——微弱、沙哑、带点金属音的人声。于是他不再动导线，转而沿着调谐线圈慢慢推动滚珠。一个声音逐渐脱离背景噪声，是男声，但过于微弱，听不清具体词句。

可能是天线不够长，他想。

去找些电线。

他离开秘密基地——临行前不忘锁门——在院子里逛荡，寻找电线。他探头进车库，房间另一头就是爸爸的工作台。他从工作台一端开始搜寻，功夫不负有心人，在另一端找到一大卷金属裸线，像是钢丝，要是爸爸有时间，应该会拉起来挂照片或者晾衣服。

他们不会生气的，他拿定主意。

他带着钢丝回到秘密基地，爬上秘密基地侧墙，上了顶棚，将金属线与下方矿石收音机接出的天线相连，用两根钢丝串接成一根长天线，直拖过整个院子。

大概应该搭高点儿。他做了新的决定。

他找到一根挺沉的长钉，把天线末端系在上面，然后活动一下胳膊，用力把长钉掷上屋顶。天线垂了下来。这样不行，他想，得拉紧。

他回到家，登上楼梯来到顶层。一扇窗户通向屋顶中央平坦的部分。他打开窗爬出去，不一会儿就到了房顶上。

妈妈在楼下喊道："萨米，你不会是要爬窗上房吧？"

"不是——"他高声回答。我已经上房了，他自言自语道，脑海中区分着两种表述的细微差异。长钉落在了屋顶坡面上，天线垂下屋檐，晃晃荡荡，他平卧身子，一点点往外够，终于抓住。拴在哪里比较好呢？

唯一可以选择的地方是电视天线。

他将钢丝绳末端系在电视天线杆的金属筒上。大功告成，他快速爬进天窗回到屋内，下楼跑向外面院子里的秘密基地。

随即坐到桌旁，拨动面前矿石收音机调谐线圈上的滚珠。

这一次，耳机里传出的男声清晰可辨，但当中混杂了一大堆其他的话音。他仔细调频，混乱的杂音逐渐分离，激动得他双手颤抖。他从中挑选了信号最强的频段。

某段对话正进行到一半，他听完了余下的部分。

"……长的那种看起来像法棍，一口下去真能硌断门牙，我不知道什么场合能用上。也许可以用在婚礼现场，要招待一大堆不认识的人，点心又不能消耗太快……"

男声的语调优哉游哉，字词之间拖得很长。

"……不是茴香，是茴芹。里面什么东西都有添加，就连巧克力都有。有一种白巧克力，加核桃的，总让我想到你在沙漠里发现的那些白森森的头骨……响尾蛇头骨、长耳野兔头骨……还有小型哺乳动物的。联想起来多么惊悚啊，对吧？一口咬穿风化五十年的响尾蛇头骨……”男声笑起来，笑声仍然优哉游哉，几乎是逐字念出来的“哈哈哈”。“嗯，就是这些了，里昂。哦，还有一件事。还记得你弟弟吉姆说过，天热了蚂蚁跑得更快吗？我查了一下，没找到任何相关资料。你问问他确不确定，因为我上次跟你们聊过以后，回野外看了几个小时的蚂蚁，天气晴热的时候，它们走动的速度看起来基本上没变。”

搞不懂，萨米心说。

他调谐波段，收到另一个声音。这人语调轻快。

“……CQ，呼叫 CQ；我是 W3840-Y，呼叫 CQ；呼叫 CQ；我是 W3840-Y，请问是否有 CQ；有哪位 CQ 在吗？ W3840-Y 需要 CQ；CQ；CQ；我是 W3840-Y，呼叫 CQ；CQ；CQ 请回答；有 CQ 在吗？我是 W3840-Y，呼叫 CQ；CQ……”如此往复不止。于是他继续调频。

下一个声音拖得极慢极长，他几乎立刻就跳过了。

“……不……不……又……什么……要……那……不，我认为不是……”

都是些垃圾，他失望地想。不过，装置总算是调试好了。

他继续调频。

伴着嗞嗞声的尖啸听得他一激灵。然后是发疯般不停响的嘟嘟嘟。电码。他知道，这是莫尔斯电码。也许来自大西洋上一艘将沉的航船，船员正努力摇桨，想脱离燃油烧起的大火。

下一个清晰多了。

“……具体时间为 3:36。我会密切追踪。”长时间的静默。“是，我这里准备追踪，请待命。”静默。“是，请待命。是否收到？”静默。“是，请等待。什么？”长长的一段静默。“已经不像是 2.8。2.8。是否成功？东北方向。好，好。对。”

他看了眼米老鼠手表。时间差不多就是 3:36。但他的表不太准，所以也无法确定。

正当这时，秘密基地上方的天空中，远远地传来滚滚轰鸣，令他浑身一颤。与此同时，耳机里的声音说道：

“是否成功？是，我已看到它改变方向。好，今天下午到此为止。现在，完满收班。是。好。结束。”

声音戛然而止。

棒呆了，萨米自言自语，等会儿让爸爸和拉格尔舅舅也来听听。

他摘下耳机，跑出秘密基地，穿过院子进了屋。

“妈！”他喊道，“拉格尔舅舅呢？是不是在客厅猜谜呢？”

他母亲正在厨房擦洗沥水板。“拉格尔寄字列去了。”她说，“他早忙完了。”

“啊，真倒霉！”萨米沮丧地大喊。

“好啦，小伙子。”母亲说。

“啊！”他嘟囔道，“我的矿石收音机收到了来自火箭飞船或者别的什么消息，我想让他听听。”他原地打转，一筹莫展。

“要不让我听听？”母亲说。

“好吧。”他颇不情愿地同意了，起身迈出家门，母亲跟了出去。

“我只听几分钟就得回屋，”她说，“晚饭前还有很多家务要做。”

四点钟，拉格尔·古姆在中心邮局用挂号包裹寄出了字列。比截止时间提前了两小时，他告诉自己，效率真是逼出来的啊。

他打了辆出租车回到所住的街区，却没有坐到自家门前，而是在街角下了车，那有栋相当老旧的两层小楼，外墙刷成灰色，门廊有些倾斜。

玛戈绝无可能撞见我们。他意识到，她只会往隔壁跑。

爬上陡峭的台阶，门廊上出现三个黄铜门铃，他按响了其中之一。清脆铃声远远地响起，沿着高吊顶的长长过道，穿过门口的蕾丝门帘传来。

一个人影接近。门开了。

“啊，古姆先生，”凯特尔拜因太太说，“我忘了通知你具体的开课日期。”

“没错。”他答道，“我正好路过，就想爬上台阶来问问你。”

凯特尔拜因太太说：“每周两次课——周二两点、周四三点。很好记。”

他小心翼翼地试探:“招募顺利吗？报的人多不多？”

“不算太火爆。”她苦笑道。今天的她似乎没有那么疲惫，她身穿蓝灰色罩衣搭平跟鞋，通常这种扮相属于那些养绝育猫、读侦探小说的老姑娘，但她却不似她们那般骄矜忸怩。今天的她，更让他联想到开办慈善义卖会的热心女教友。而房屋面积之大、门铃及邮箱数量之多，表明她至少有一部分生活来源是房屋租金。显然，她把老房子隔成了三套公寓。

“顺便问一下，”他说，“你想不想得起，有没有我可能认识的人报名呢？要是班上有熟人，我会更有恒心坚持下去。”

“我得瞧瞧登记册。”她说，“要不你进屋来，等我现查？”

“没问题。”他说。

凯特尔拜因太太转身直走，进入过道尽头的房间。见她久久没出来，他也跟了进去。

房间很大，令他暗暗吃惊。穿堂风吹过这礼堂般的空旷敞间，屋里的壁炉已被改造为燃气取暖器，头顶有一盏枝形大吊灯，对面挤挤挨挨地放了一堆椅子。房间一侧是又高又宽的窗户，正对着好多扇漆成黄色的门。凯特尔拜因太太站在书架前，手里拿着簿记员常用的那种分类账本。

“找不着了。”她合上账本说道，那神情令人不忍责备，“之前记下来了的，可是这儿太乱了——”她指指凌乱的房间，“我们正在全力筹备第一堂课，征集椅子什么的。我们缺椅子，还需要黑板……不过小学答应送我们一块。”她忽然抓住他的胳膊，说道，“对了，古姆先生，我想把地下室一张很沉的橡木桌搬到楼上来，这一整天都在找人来家里帮沃尔特，也就是我儿子，把桌子抬上楼。你觉得你能抬动吗？照沃尔特的想法，两个男人几分钟就能把桌子搬进这屋里。我试了试，死活没法上台阶。”

“乐意效劳。”说着，他脱下外套搭在一张椅子的靠背上。

一个十几岁的瘦高个儿溜达着进屋来，脸上笑容灿烂。他身穿白色啦啦队毛衣搭蓝色牛仔裤，脚上蹬一双锃亮的黑色牛津鞋。“嗨。”他腼腆地招呼道。

凯特尔拜因太太向两人介绍完对方，便带着他们走下一段陡得让人想打退堂鼓的狭窄楼梯，来到地下室，水泥地潮乎乎的，电线露在外头，空水果罐子结满了蜘蛛网，房里还有些丢弃的家具、床垫，和一个老式洗衣盆。

橡木桌已经基本上拖到了楼梯口。

“这张老书桌棒极了。”凯特尔拜因太太品评道，围着它转来转去，“我想在不需要板书的时候就坐它前面。它是我父亲，也就是沃尔特他姥爷传下来的。”

沃尔特接过话头，声调略高，有些破音。“它大约一百五十磅重。除了背面厚实些之外，抬哪头都差不多沉，我觉得。咱们可能得稍微抬斜一点，免得碰到顶。桌子下面还挺趁手。我走前面，等我背朝着它抓稳当了，抬起来以后，你就开始搬你那头。行吗？”他已经来到楼梯口蹲下，背朝桌子，伸手扶住下方。

“我这头先起，然后把稳。”

数年的军旅生活，让拉格尔对自己的矫健身姿引以为豪。可他刚把桌子那头抬至齐腰高，就已累得脸红脖子粗。沃尔特调整手上姿势，桌子晃了晃。他不敢耽搁，立刻向前踏上楼梯，桌子在拉格尔手中颤动不已。

他们中途被迫停下三次，把桌脚搁上台阶，一次是拉格尔需要休息，另两次是因为桌子顶部过不去，得调整角度。最后，桌子总算抬进了楼上敞风的大房间，“咚”的一声从抽开的僵硬十指上落下，任务完成。

“我打心底里感激你好心帮忙。”凯特尔拜因太太说着，从地下室出来，顺手关掉楼梯灯。“但愿你没有闪着腰什么的。它比我以为的重多了。”

她儿子偷偷打量着他，仍像先前那般腼腆。“你就是竞猜总冠军古姆先生吧？”他问。

“是我。”拉格尔说。

男孩友善的脸上布满窘迫，“我想问个不该问的问题，因为我一直想请教一位在竞猜中赢到高额奖金的人……你觉得单纯是运气吗？还是像律师挣大钱那个道理，撑死胆大的，饿死胆小的？还是像有些画家那种，资历越老越挣钱， 幅作品值几百万？”

“它需要长时间艰巨的推算，”拉格尔说，“这就是我的感受。我每天有八到十个小时都耗在上面。”

男孩点点头,“哦,嗯。我明白你的意思了。”

“你是怎么打入擂台的?”凯特尔拜因太太问他。

拉格尔说:“稀里糊涂的。最早我在报纸上看到竞猜,就寄了个字列过去,距离现在快三年了。就是慢慢积分的吧,从第一次起我就期期都能猜中。”

“我不行。”沃尔特说,“一次都没中过,我参加了大约十五次。”

凯特尔拜因太太又说:“古姆先生,先别急着走,我有样东西想送给你。请在这儿等一等。”她快步跑进一间耳房,“谢谢你帮忙。”

他想,可能是一两块饼干吧。

然而她回来时,手上却拿了一张色彩鲜艳的贴花。“可以贴在你后车窗上。”她说着,向他递过去,“这是民防的贴纸,用温水浸一浸,然后揭下底纸,图徽就转印到车窗上了。”她冲他展颜一笑。

“眼下我还没买车。”他说。

她脸上流露出一丝无措,“哦”了一声。

沃尔特声音刺耳嘶哑,面上却挂着温和的笑容。“嘿,他也可以贴到外套后背上啊。”

“非常抱歉。”凯特尔拜因太太语无伦次地说,“呃,总之,很感谢。我想给你什么报答,但想不到好的办法。那我尽量让培训课有趣一些吧,怎么样?”

“超赞。”说着，他拿起外套，向玄关走去。“我得走了，”他道别，“那咱们周二两点见。”

房间角落里一个靠窗的座位上，放着手工制作的某种模型。拉格尔停了下来，细细端详。

“我们准备用来做教具的。”凯特尔拜因太太说。

“这是什么？”他问。模型展现的似乎是一座军事堡垒，涂以绿褐色与灰色：中空的位置有块广场，执勤的缩微士兵清晰可辨。他摸摸顶上支出的微型炮管，发现是一尊木雕。“相当逼真。”他夸道。

沃尔特开口解释：“我们制作了一批这种模型。我是说，早先的课上——去年的民防课，那时我们住在克利夫兰。我妈把它们都带过来了。我猜也没人想要。”他又发出那种刺耳的笑声，倒不是阴阳怪气，只是有些紧张。

“这是摩门教要塞的模型。”凯特尔拜因太太说。

“受不了了，”拉格尔惊叹，“我对这些很感兴趣！你知道吗，我参加过二战，在太平洋那边服役。”

“我隐约记得看到过你的这些信息。”凯特尔拜因太太说，“你这么有名……时不时地就能在哪本杂志上看到关于你的小文章。你是在整个报纸和电视竞赛领域里，蝉联冠军时间最长的纪录保持者吧？”

“应该是。”他说。

沃尔特插话：“你是不是亲眼见过太平洋上的激战？”

“没有。”他坦承，“我跟另一位战友驻扎在一座泥巴岛，岛上有几棵棕榈树，搭了个彩钢棚子，里面有无线电发射器和气象观测仪。他负责观测气象，我负责将数据传送到海岛以南几百英里外的海军基地。每天工作大约一小时，剩下的时间，我就到处逛逛，研究天气情况。我以前尝试过预报天气。虽然那不是我们的任务——我们只需要发送读数就可以了，预测是基地的事，但我的准确率还不赖。抬头观察一下天空，再加上仪器数据，就足够得出结论了，而且我大都猜得对。”

“我想，天气条件对海军和陆军都无比重要。”凯特尔拜因太太说。

他答道：“风暴会影响登陆行动，冲散补给舰队，甚至改变战争的进程。”

“没准儿就是赌天气，”沃尔特说，“让你预先练习了竞猜的技巧。”

听闻这话，拉格尔笑了。“是啊，”他回忆，“我跟他每天就是干这个，赌天气。我说十点要下雨，他跟我打赌说不下。就这样好歹挨过了几年。赌天气，喝啤酒。军方每月来送一次补给，都要捎上标准配给的啤酒——我们猜测，是一个排的标准配给。唯一的问题是没法冷藏，天天喝热啤酒。”回忆往昔，别有一番滋味在心头。十二三年了……当年他才三十三岁。在邮箱里找到入伍通知书前，他还是个蒸汽洗衣店的打工仔。

“嘿，老妈，”沃尔特激动地说，“我想到一个特别好的主意。

让古姆先生在课上分享他参军的经历怎么样？这样可以给学员们一些代入感。怎么说呢，体会危险临头的感受之类。他多半还记得在部队里接受的一整套安全特训，遇到火灾等紧急情况要怎么行动。”

拉格尔推辞道：“就是这些了，有常识的人都知道。”

“可你一定还记得别人口述的故事，比如空袭、轰炸等等，”沃尔特仍旧坚持，“不是非得要亲身经历过的。”

孩子们全都差不多。拉格尔想，这孩子讲话就跟萨米一个路数。萨米今年十岁，而这位嘛，十六岁。两个他都喜欢，他把那些话当作称赞。

出名了。他想，这就是我成为解谜竞猜史上最伟大，或者说，卫冕时间最长的冠军，所换得的报偿。十到十六岁的男孩子认为我是个人物。

他自觉好笑，说道：“那我周二穿我的上将军服来吧。”

男孩瞪大了眼睛。于是他尽量挺起身子，故作淡定。“没开玩笑吧？”男孩问，“上将吗？四星吗？”

“绝对不假。”他以极尽庄重的姿态说道。凯特尔拜因太太笑了，他也迎面报以微笑。

五时三十分，超市关门锁好后，维克·尼尔森把三四个收银员叫到一起。

“听我说，”他开口道。这事他计划一整天了。窗户遮阳帘已经拉下，顾客已全部离开。店里一位副经理正在收银台边清点钞票，并放置第二天的小票纸带。“我想让你们帮我个忙。这是个心理实验。只需要三十秒。行吧？”他尤其明显地向丽兹发出请求。她在收银员中间甚有魄力，只要她答应，其他人多半会同意。

“明天弄不行吗?!”丽兹说。她已经穿上了外套，平跟鞋也换成了高跟鞋，鹤立于同事中间，像一幅伟岸的3D菠萝汁宣传海报。

维克说:“我老婆已经在停车场等着了。要是过一两分钟没见我出去，她就要开始按喇叭。明白吧？不会耽搁你们太久。”

几名小个子男收银员观望着丽兹的反应。他们都还系着白围裙，铅笔夹在耳朵背后。

“好吧。”她应允，又朝他摇摇手指，说道:“你最好别耍我们，赶紧搞完放我们回去。”

他走到农副部，从一个货架上拽下一只纸袋，开始往里吹气。丽兹和一众收银员呆呆地看着他。

“我想让你们配合一下。”他说着，扎紧装满空气的袋口，“我要拍爆这个袋子，然后大声对你们喊出一道命令。我要求你们准确执行命令，别多想——听到我喊就立马行动。我的要求就是:立即做出反应。明白我的意思吗？”

丽兹嚼着她从收银台糖果架上顺手牵羊来的口香糖，说道:“嗯，明白。开始吧，拍袋子，然后喊指令。”

“面朝我。”他说。四人于是调整方向站立，背对出口处宽敞的玻璃门，那是任何人进出超市必经的一扇门。“好。”他宣布，然后举起袋子大喊:“快跑！”接着“啪”的一声拍破纸袋。喊声惊得四人躯体微微一震，而袋子爆裂的声响在空寂的超市里显得莫名可怖，声音一响，四人便像野兔一般撒丫子狂奔出去。

没有人冲向玻璃门。他们的反应整齐划一，直接跑向左边一根直立的支柱。跑出七八步……然后停下来，气喘吁吁，似乎有些惊魂未定。

“你这是搞哪出啊？”丽兹气恼地问，“搞什么啊？明明说的是先拍袋子，结果直接就先喊指令了。”

“多谢了，丽兹。”他说，“可以了，快去见男朋友吧。”

他们鱼贯走出超市，收银员们无不向他投去鄙视的眼神。

仍在点钱、装纸带的副经理对他说:“你刚才是想叫我也跑吗？”

“不是。”他答道。他的心思仍在实验上，全没在意对方说了什么。

“我第一反应是想躲到收银机下面。”副经理分享道。

“谢谢。”他说着，走出超市，锁上身后的门，然后穿过停车场，走向大众甲壳虫。

然而车上却是一只壮实的黑色德国牧羊犬，注视着他走近。汽车前保险杠上有个深深的凹痕，车身脏得不成样子。

还心理实验呢。他对自己说，来的不是他的车，司机也不是玛戈。只是大约在她平时来接他的时候，他瞥见一辆甲壳虫开进停车场，于是就自动脑补了剩下的剧情。

他转身向超市的方向走去。刚一走近，玻璃门便自动打开，副经理探出头来说："维克多，你老婆打电话来找你。"

"谢谢。"他应道，连忙挡住门，跑进去接墙上的电话。

他刚"喂"了一声，玛戈就立即说道："亲爱的，对不起我没过来接你。你还想让我来吗？还是直接去坐公交？你要是累的话我可以来接，不过赶公交没准还快些。"

"我去赶公交。"他说。

玛戈继续道："我没在屋里，在萨米的秘密基地听他的矿石收音机呢。太神奇了！"

"好的。"他说，准备挂电话，"一会儿见。"

"我们收听了各种各样的广播。"

他向副经理道了晚安，然后走到街角去搭公交车。很快他便乘上了回家的车，同车乘客中有出来购物的，也有出门上班的；有老妇人，也有小学生。

一项城市法令禁止在公共交通工具上吸烟，但他烦得不行，还是点了一根。他打开旁边的车窗，让烟雾飘了出去，没有喷到旁边女人的脸上。

我那个实验简直太牛了，他对自己说，比我设想的效果还要好。

他原以为收银员们会四散奔走，一个朝门跑，一个往反方向，两个往墙边冲。那样的话，就验证了他的假设：实验情形下，潜意识做出的反应也符合某种偶发特征；他们人生的大部分时间曾在别处度过，而具体是哪个别处，却无人记得。

可是——每个人的反应都应该不一样，四人不会是统一行动。然而他们拔腿朝同一个方向狂奔，一致地选择了错误的逃生方向。他们表现出的是集体行为，而非个体反应。

结论很简单，这四人先前有过相似的经历，且该经历根深蒂固。

怎么可能呢？

他之前的猜想倒没涉及这种情况。

他抽着烟，把烟雾吐到公交车窗外，一时无法提出新的解释。

除了某些平庸无奇的理由，他意识到：例如，四名收银员曾一起参与过某种活动，可能曾合租一栋公寓，或者好几年间固定在某家咖啡馆聚餐，或者同为校友……

我们所处的现实漏洞百出。他对自己说，这边漏一处，那个角落漏两处，天花板上又新渗出湿湿的一团。可这外面是哪里呢？这些意味着什么？

他调动脑力，开启理性模式。咱们来看看疑点是怎么发现的，他自言自语，我千层面吃多了，打扑克拿到一手中等好牌的时候，跑开去黑漆漆的卫生间拿药。

那之前有什么吗?

没有。他暗自确认,在那之前,世界明媚美好,孩子嬉戏,奶牛哞哞,狗狗摇尾。周日下午,男人们一边修剪草坪,一边听着电视上的球赛。我们大可以永远这样下去,忽略所有细节。

还是有意外,他猛然想起——拉格尔的幻觉。

具体是什么样的幻觉?他纳闷,拉格尔一直闪烁其词,不肯告诉他。

拉格尔的经历与我有些相似,他对自己说。他总觉得,拉格尔误打误撞地戳破了现实,扒开了漏洞,或是见证了它的扩张。也许有一条细细的破绽逐渐裂开,成了大豁口。

他忽然醒悟:即使把我们所知的全部线索凑到一起,也无法得出明晰的结论,只单纯知道出现了异常。从一开始我们就知晓这点。我们收集的蛛丝马迹汇不出一条答案,只显示出异常的波及范围有多广。

但我觉得,他思忖,当初让比尔·布莱克带走那本电话簿是个错误。

那现在要怎么做?他问自己,再做几个心理实验?

不,一场实验的信息量就够大了——他在卫生间里无意开展的那一场。刚才这场虽然有点用处,却弊大于利,不仅什么也没证明,反而引出了更多谜团。

别再跟我搞这些玄乎的,他想,我脑子已经给搅成了糨糊,这辈子也别想澄清下来。还有什么是我确切知道的呢?也许拉格尔说得对：我们应该翻开哲学大部头，逐个研修伯克利主教还有其他那些——他的哲学知识储备少得可怜，连人名都想不起几个。

也许，他思考着，假如我把眼睛眯到只留一条极细的缝，再借助那一丝微光，倾注十二分心力观察这辆公交车，那些体态臃肿、购物袋塞得鼓鼓囊囊的疲惫老太太，那些叽叽喳喳的小女生，那些看晚报的小职员，外加那个红脖子的司机，也许都会消失。还有屁股下面吱嘎作响的座位，车辆每次启动时腾起的刺鼻尾气，猛然的后仰，沿途的摇晃，车窗上的广告，也许都会消失……

他眯缝起眼睛，尝试驱走公交车和乘客的表象。全神贯注十分钟后，他陷入神游状态。找到核心，他迷蒙地思索着，专注于一个点。他挑了车厢内对面的蜂鸣器。白色的圆形蜂鸣器。去吧，他默念，给我消失。

给我消失。

给我

消

失

……

他猛地一抖，惊醒过来。不知什么时候竟然睡着了。

自我催眠了，他默默断言，垂头陷入梦乡，就跟周围打瞌睡的乘客一样。脑袋一齐摇摆，与公交车的运动同步。左，右，前，歪，右，左。公交车停下等红灯，颗颗头颅停留在相同的角度。

后仰，公交车启动。

前倒，公交车刹车。

给我消失。

给我

消

……

然后，透过半闭的眼帘，他真的看到乘客们渐渐消失。

瞧啊瞧啊！他想，多么痛快啊。

不对，他们根本没有消失。

公交车及其乘客仍旧切切实实地存在着，然而整辆车却开始发生质的改变，如同他在超市的实验一样不合情理，也并非他想要的结果。

去你妈的，他暗自咒骂，给我消失啊！

公交车车身忽而变得透明。他的视线穿透过去，看见街道、人行道与商店。细细的支杆，搭成公交车的骨架。金属桁梁，交错出空荡荡的车厢。座位不复存在，只是一条长木板上直直支起几个人形，如稻草人一般不辨容貌。他们不是活人。这些稻草人耷拉着身体，前后反复摇摆。他看到前方的司机，那人却没有变化。脖子通红，后背挺阔强健，驾着这辆空壳巴士。

空心人。他想，我们应该先查查诗集[①]。

① 此处意指 T. S. 艾略特所著诗歌《空心人》（*The Hollow Men*）。

除了司机以外，他是公交车上唯一的活人。

这车确实在动，穿梭于城市之中，从商业区前往住宅区。司机正在送他回家。

他再度睁大眼睛，打瞌睡的人们全都恢复了先前的样貌。出门购物的，上班的，上学的。吵吵嚷嚷，叽叽喳喳，种种气味在车厢中弥漫。

没一样正常的，他心里想。

前面有辆轿车驶出停车位，公交车按响喇叭。一切都回归正常了。

实验。他想，假设我刚才摔出去掉到街上……他心有余悸地想着，假设我也不复存在的话……

拉格尔的幻觉便是如此吗？

7

到家时，家中竟然空无一人。

他顿时惊惶无措，在心底呼告道：别啊！

“玛戈！”他大喊。

间间房屋都寂寥空荡。他四下里乱转，努力控制住自己。

随后他注意到，后门敞开着。

他踏入后院，环顾四周。还是不见任何人的踪影。拉格尔、玛戈、萨米，谁都不在。

他沿着院中小径，走过晾衣绳和玫瑰花棚，来到萨米靠着后围栏搭建的秘密基地。

他抬手敲门，一个监视口随即滑开，儿子的眼睛出现在后面。“啊，你来了，爸爸。”萨米说完，立刻抽出门闩，为他开门。

秘密基地内，拉格尔头戴耳机坐在桌旁，旁边坐着玛戈，面前堆了一大沓纸。两人一直在奋笔疾书，一页又一页纸上写满了潦草的速记。

“你俩干啥呢？”维克问。

玛戈答道：“在监听。”

“这我倒看出来了，”他说，“都监听到了什么？”

拉格尔转过头，眼中闪着光芒，顾不得取下耳机便说道：“收到他们的信息了。”

“谁？”维克说，“哪个‘他们’？”

“拉格尔说，也许要好几年才能弄清楚。”玛戈答道。她此刻满面春风，两眼放光；萨米则定定地呆站着，如梦如痴；三人这副模样他以前从没见识过。“但我们有办法监听他们的对话，”她说，“而且已经记下了笔记。瞧，”她将那沓纸朝他推过去，“他们说的都在这儿，我们全记了下来。”

“业余无线电发报？”维克问。

“对，”拉格尔说，“还有舰船和泊场之间的通信。很明显有座泊场离这里非常近。”

“舰船，”维克重复道，“你是说远洋舰船？”

拉格尔指指天上。

什么鬼，维克心里嘀咕。然后，他也感觉到了同样的紧张与激动。狂躁。

“他们飞过的时候，”玛戈说，“信号很强，声音很清晰。持续了大约一分钟，又渐渐消失了。我们能听到他们说话，不只是无线电通信，还有日常对话。谈笑风生的。”

“超级不正经，”拉格尔说，“一直在打趣说笑。”

“让我听听。”维克跃跃欲试。

他来到桌边坐下，拉格尔递过耳机，在他头上戴好。“需要我帮忙调谐吗？”拉格尔说，“我来调，你留神听着。要是收到比较强的、清晰的信号，立马告诉我，我就把滚珠停下。”

说话间，信号已经捕捉到了，有个人正在讲解某道生产工序。他听了一会儿，然后说：“直接告诉我，你们有什么发现吧。”那声音啰里巴嗦的，他感觉耐不住性子听下去，“有什么明确信息吗？”

“还没有。”拉格尔的语气不失得意，“你没明白吗？我们已经确定了他们的存在。”

“这个早就知道了啊。”维克说，“每次在天上飞来飞去的就是他们。”

拉格尔和玛戈——外加萨米——似乎都有些惊诧。沉默半晌，玛戈看了一眼弟弟。拉格尔于是开口道：“这个概念很难解释得清……”

秘密基地门外忽地响起一个声音：“……嘿伙计们，哪儿去了？”

玛戈扬手提醒大伙注意。他们缄口静听。

院子里有人在找他们。维克听见小径上传来脚步声。随后那个声音再度响起，这次更近了。

“伙计们？”

玛戈轻声说:“是比尔·布莱克。”

萨米滑开一个监视口。“对,”他悄声说,“就是布莱克先生。”

维克抱开儿子,蹲下来往监视口外窥视。比尔·布莱克站在小径中央,显然在找他们,脸上的神情半是恼怒半是不解。毫无疑问,他刚才进了屋,发现房门没锁,家里却没人。

“不知道他想干什么。”玛戈说,“假如咱们都不出声,他兴许就会走吧。可能是想叫我们一起去他家,或者去外面哪里吃饭。”

他们耐心等着。

比尔·布莱克在院子里瞎转,踢着高高的草丛。“嘿,伙计们!”他又喊,“死哪里去了?”

沉寂。

“要是给他逮到我们躲在这里,我肯定会羞得没脸。”玛戈紧张地笑道,“感觉我们就跟小孩一样幼稚。不过他的样子也的确好笑,像那样伸长了脖子找我们,难不成以为我们都藏在草丛里?”

秘密基地墙上挂着一把玩具枪,是有次圣诞节维克给儿子的礼物。枪身上支出装饰飞翼与线圈,之前的包装盒上印着“二十三世纪机器人能量枪,威力摧山震海”。之前萨米扛着枪“咻咻咻”蹦跶了几个星期,后来弹簧失灵了,只能挂在墙上镇宅，仅凭其外表威慑进犯之敌。

维克取下枪，抽出门闩，推开秘密基地的门，走了出去。

比尔·布莱克背对他站着，仍在大喊："嘿，伙计们！在哪儿啊？"

维克蹲下身，端起枪，指着布莱克。"你死定了。"他说。

布莱克转身对着他，见到枪口，顿时脸色煞白，慢慢举起双手。举到一半时，发现秘密基地里的拉格尔、玛戈、萨米正扒着门偷瞧，又看清了枪身上的装饰飞翼、线圈和亮闪闪的搪瓷配件。他放下双手，笑道："哈哈。"

"哈哈。"维克也笑。

"你们在干吗呢？"布莱克问。这时，茱茱·布莱克也从尼尔森家后门出来了。她缓缓走下门廊台阶，来到丈夫身旁。两口子眉头紧皱地相互靠近，她伸手搂住他的腰，之后，布莱克没有再发一言。

"嗨。"茱茱开口。

玛戈走出秘密基地。"你们想干吗？"她问茱茱，声色俱厉，足以让任何女人战栗，"擅闯我们家，挺不把自己当外人的啊？"

布莱克夫妇目瞪口呆。

"啊，愣着干什么呀。"玛戈说着，双臂交叉抱在胸前，"别把自己当外人啊。"

"消消气。"维克说。

妻子回敬道："是啊，他们大摇大摆就走进来，每个房间都逛了一圈吧，我料想。觉得怎么样？”她问茱茱，“床铺得对不对？窗帘上有没有灰？有没有发现什么喜欢的东西？”

拉格尔和萨米也走出秘密基地，来到维克夫妇身旁。四人和布莱克夫妻俩相对而立。

最后，布莱克说：“我为擅闯你的住宅而道歉。我们只是想来问问，今晚愿不愿意跟我们一起打保龄球。”

茱茱在丈夫身旁傻笑。维克有些可怜起她来。她显然没意识到自己冒犯了他人，甚或根本没觉得自己的行为是擅闯民宅。她身穿毛衣配蓝色棉布裤子，头发绑着缎带，看起来乖巧又孩子气。

“不好意思啊，”玛戈说，“你没有权利擅闯他人住宅，你应该懂的，茱茱。”

茱茱后退一步，瑟缩着身子，手足无措地嗫嚅道：“我——”

“我道过歉了。”布莱克接过话，“老天爷，你想干吗？”他似乎同样局促不安。

维克伸出手，两人握手。前嫌就此冰释。

“不想现在回屋的话，可以再待一会儿。”维克指着秘密基地对拉格尔说，“我们先去弄晚饭。”

“那里面有什么？”布莱克问，“我的意思是，要是我多管闲事了，直说就好。看你们很重视这里的样子。”

这时，萨米开口了：“你们不能进秘密基地。”

“为什么？”茱茱问。

“你们不是正式成员。”萨米答道。

“现在加入可以吗？”茱茱又问。

“不行。”萨米回答。

“为什么？”

“就是不行。”萨米说着，瞟了一眼父亲。

“就是这样。”维克帮腔，“抱歉。”

他和玛戈带着布莱克夫妇走上台阶，来到住宅的后门廊。“我们还没吃晚饭呢。”玛戈说，依旧板着脸，满嘴火药味。

“我们也不是现在就要去打保龄球。”茱茱委屈道，“只是想趁你们还没有安排之前先约上。我说，姐妹，既然还没吃晚饭，要不要去我家一起吃？我们有条羊腿，还有很多速冻豌豆，比尔下班回来的路上，又捎带了一升冰激凌。”她急得颤着声音求玛戈，“怎么样？”

“谢谢，”玛戈说，“不过还是改天吧。”

比尔·布莱克似乎还没怎么平静下来，他的情绪很收敛，有股子冷傲的劲儿。“你知道的，我家的大门永远向你们敞开。”说完，他便领着妻子朝前门方向走去，“要是想跟我们去打保龄球的话，八点左右过来就好。要是不感兴趣——”他耸耸肩，“嗯，也没关系。”

“待会儿见哟！”茱茱跟着比尔走出屋外，还不忘回头喊，“希望你们能来！”她无比期盼地冲邻居笑笑，接着反手关上了门。

“真没素质。”玛戈说着打开热水龙头，接了一壶水。

维克说：“人们受到惊吓时，还来不及思考的瞬间，身体已经做出了反应。基于这方面的观察，可以获得一种完整的心理测试技巧。”

玛戈一边准备晚餐，一边应道：“比尔·布莱克的反应很理性啊。看到枪马上举起手来，看清楚只是玩具枪后，又放下了。”

维克说：“下午那个点，他晃到咱家来的概率有多大？”

“他不来，他老婆也得来。你又不是不了解他们。”

“的确。”他说。

秘密基地大门紧锁。拉格尔·古姆头戴耳机坐在里面，监听一段强烈的信号，偶尔写下笔记。多年的竞猜经历使他摸索出一套独创的高效速记法，他可以边听边记下所听内容，还能顺手标注自己的评论、想法与回应，使之永久留存。手中的圆珠笔疾书如飞——正是比尔·布莱克给他的那支。

萨米在一旁观察着他，说道：“你写得真快呀，拉格尔舅舅。写完以后还认得吗？”

“认得啊。”他说。

毫无疑问，信号是从附近一座着陆场发出的。之所以得出这个结论，是因为他辨出了接线员的声音。他迫切想弄清楚的是机场吞吐航班所属的性质。航班目的地是哪里？它们在头顶疾速飞掠，速度有多快？为什么镇上没有一个人知道这些航班？莫非是个不为公众所知的秘密军事设施，在试验某种新型飞船？侦察导弹？追踪装置？……

萨米说："我敢打赌，你在二战期间肯定参与了日方密电的破解。"

听到外甥这番话，拉格尔顿时又产生了那种完全的无助感。闭关在儿童的秘密基地里，脑袋上戴着耳机，用小学生做的矿石收音机监听几个小时……像个小学生一样，光是业余无线电发报和交通指令就能听上半天。

我一定是疯了，他对自己说。

我在他人眼里，是上过战场的老兵。我今年四十六岁，早该是成年人了。

没错。他想，但我却在姐姐家里摆烂，靠着给报纸竞猜《小绿人接下来在哪里？》解谜填表讨口饭吃，其他成年人则立了业、成了家，有自己的住房。

我真是个智障——神经病，满脑子幻觉，没跑了。他想，精神失常，幼稚又疯癫。我坐在这儿干什么？顶多算是做白日梦，幻想头顶有火箭飞船呼啸来去，各方军队尔虞我诈。妄想狂。

妄想型神经病。想象自己处于一项丰功伟业的核心，数百万男男女女与我协同共事，工作无穷无尽，涉及数十亿美元资金……整个宇宙围绕我旋转，每个分子都在为我着想。我的重要性向外辐射……至群星。拉格尔·古姆是整个宇宙进程的目的，从其开端直至终熵。一切的物质与精神，都是为了我而转动。

萨米说:“拉格尔舅舅,你觉得他们的密电,会像日本人的密电那样好破解吗?”

他收回思绪,答道:“这不是密电,就是正常对话。有个人坐在塔台里,监控军用机场。”他转头面对外甥,而男孩兴趣十足,目不转睛地盯着他,“那就是个三十多岁的叔叔,喜欢看电视,每周打一次台球。就像我们一样。”

“是个敌人。”萨米说。

拉格尔气冲冲地打断他:“别再说这些了!干吗要那么说?那只是你一厢情愿的臆想。”我的错,他继而意识到,是我先往那个方向引的。

耳机里的声音正说着:“……好的,LF–3488。我把它更正过来了。你可以继续。对,你应该就在正上方。”

秘密基地摇晃起来。

“又来一个。”萨米兴奋地说。

那声音继续道:“……完全清楚。不,没事。你现在正从他头顶上经过。”

他。拉格尔咂摸着这个字。

“……下面。”那声音说,“是的,拉格尔·古姆本人正在你眼皮底下。好的,信号正常。完毕。”

震动平息了。

“没有了。”萨米说,“可能着陆了吧。”

拉格尔·古姆放下耳机，站起身来。“你先听一会儿。”他说。

“你要去哪儿？”萨米问。

“出去走走。”拉格尔说罢，便打开秘密基地的门，踏入屋外的暮色，享受清新爽快的空气。

屋里厨房灯亮着……姐姐和姐夫正在厨房里倒腾晚饭。

我一定要走。拉格尔自言自语，我要离开这里。我早就有此打算，如今已不能再等了。

他顺着墙根的小路蹑手蹑脚绕到前廊，进门来到自己的房间，维克和玛戈都没有听见。在房间里，他翻找过各个斗柜抽屉、衣兜、未拆的信封，搜罗出所有钞票，连罐子里的零币也没放过。之后他穿上外套，从前门离开家，沿人行道迅速走开了。

大约一个街区外，一辆出租车向他驶来。他招招手，车停下了。

“麻烦送我去灰狗巴士站。”他对司机说。

“好的，古姆先生。”司机回答。

“你认得我？”又来了，妄想型巨婴人格投射：无限膨胀的自我。人人都留意我，把我放在心上。

“当然。”司机应道，发动了出租车，“你就是那个竞猜擂主嘛。我在报纸上见过你的照片，还说呢，嗐，那家伙就住在咱们镇上，没准儿哪天我开着出租还能载他一程。”

如此说来还算合理，拉格尔想，现实与疯狂幻觉之间不可思议的重合——真实的名气，叠加上幻想中的名气。

他心下认定：出租车司机认出我，大概不是我的臆想。假如天堂向我敞开，上帝呼唤我的名字……那才是精神病占领大脑的时候。

但也很难区分。

出租车沿着漆黑的街道行驶，经过座座屋舍和商店，终于来到市中心商业区，驶近一栋五层的大楼，停在路边。

“到了，古姆先生。”司机说着，准备跳下车去为他开门。

拉格尔抬脚下了出租车，伸手往大衣里掏皮夹。司机探身进车里拿账单时，他仰头看了一眼大楼。

路灯下的建筑很眼熟，尽管天色已晚，他依旧认了出来。

这是《公报》大楼。

他又坐回出租车上，说道：“我是要去灰狗巴士站。”

“什么？”司机问，仿佛遭遇了晴天霹雳，“你刚才是这么说的吗？天哪，的确是哎。”他跳回车内，发动引擎，“没错，我记得。后来咱们聊到你的竞猜，就满脑子都想着报社了。”他开着车，回头冲拉格尔笑了笑，“我这脑袋里头把你和《公报》绑在了一起——我可真是个蠢货。”

“没事。”拉格尔说。

他们驱车不断前行，终于，街道从视野中消失了。

他不知自己身在何处。右侧，夜色中浮现出大门紧闭的工厂轮廓，以及形似铁轨的路面。出租车数次横越轨道，车身震颤颠簸。他看到块块空地……一座工业园区，却不见灯光。

如果我要求司机送我出城，拉格尔想，不知道他会怎么说？

他前倾身子，拍拍司机的肩膀，喊了声："嘿。"

"怎么了，古姆先生？"司机说。

"载我出城可以吗？别管什么巴士了。"

"抱歉，先生。"司机说，"我不能上城际公路，明令禁止了。我们市内运营的车辆，不能跟巴士线路抢生意。这是规定。"

"你应该还能赚点外快。打表跑四十英里——我打赌你以前跑过，什么规定不规定的。"

"不，我可从没那样干过。"司机说，"也许有其他司机跑过吧，我可不干，我不想被吊销驾照。要是哪辆市内出租车出城上道，让公路巡警给抓住，马上就会被拖走，要是还计了费，砰，司机驾照就没啦，花五十美元考的驾照。也没有营生喽。"

拉格尔暗自思量：公路巡警是为了阻止我离开城里吗？他们是不是早有预案？

精神病又犯了，他想。

真是臆想吗？

要怎样判断？有什么证据？

一块蓝色霓虹灯牌挂在一处平地中央，空地仿佛无边无际。出租车行驶过去，停在路边。"咱们到了。"司机说，"这里就是巴士站。"

拉格尔打开门，下车走上人行道。灯牌上却没有灰狗的字样，而是写着：

无双大巴专线

“嘿，”他喊道，猛冲回车旁，“我说的是灰狗巴士站！”

“这就是灰狗，”司机说，“一样的，大巴线路。这儿根本没有灰狗。咱们这种规模的城市，州里只允许开一条大巴专线。无双在这里运营好几年了，后来灰狗才来，想收购他们，但他们不肯卖。灰狗又打算——”

“行了。”拉格尔打断他，给司机付了车费和小费，然后走过人行道，来到砖砌的方形建筑前。这是方圆数英里内唯一的建筑，四面都长满了杂草，草丛中胡乱丢着破瓶子……以及废纸。城郊废地，他暗想。远远地，能望见加油站的标志，之后是两排路灯，此外别无其他。他打开木门，踏入候车室，夜风吹得他哆嗦了一下。

一阵模糊嘈杂的声音裹挟着疲惫哀怨的情绪滚滚袭来。候车室里迎面而来的景象，是挤得满满当当的人群。长凳早已被占满，坐着瞌睡的水手、疲倦又沮丧的孕妇、身裹大衣的老人、携带样品箱的推销员、打扮得漂漂亮亮却一个劲儿乱扭的孩子。一条长队排在前面，通向售票窗口。不须再往前就能看出，队伍根本没有移动。

他关上身后的门，排到队尾。没人留意到他。这一次，我反倒希望自己的臆想成真，他自忖，真希望世界围着我转，至少让我可以立即买到票。

他心中发问：无双大巴发车间隔是多久？

他点了根烟，尽量让自己不待得难受。他靠着墙，好减轻躯干压在腿上的重量，可这样也无济于事。我要被困在这里多长时间？他自问。

半小时过去，他只向前移动了几英寸①，而窗口前竟无人离开。他伸长脖子，想看看窗口的动静，却压根儿瞧不着售票员。队伍最前面是个穿黑色大衣的老妇人，圆阔的后背对着他，他猜想她正在买票，但手续还没完成，尚未成功出票。在她身后，一个穿着双排扣西装的瘦削中年男人咬着牙签，一脸烦闷。再往后，一对小情侣专心致志地悄声说着情话。再后面的队伍排得笔直，他只能看见前面这人的后脑勺。

四十五分钟后，他仍然站在原地。疯子能不能在这儿撒疯打滚？他暗自嘀咕，购买无双专线大巴票需要什么手续？不会要在这里等到天荒地老吧？

越来越深的恐惧渐渐攫住他的心房。说不定他要在这里排队到死。现实一成不变……前面一直是这个男的，后面一直是这个年轻士兵，对面长凳上一直坐着那个眼神空洞、怏怏不乐的女人。

---

① 英美制长度单位，1 英寸约为 2.54 厘米。

身后的年轻士兵烦躁地动了动，撞到他，低声咕哝一句："抱歉，伙计。"

他闷哼一声，以示回应。

士兵交叉十指，指节抻得"咔咔"响，然后舔了舔嘴唇，对拉格尔说："嘿，伙计，能不能请你帮个忙，帮我看着这个位置？"不等拉格尔回答，他又转头对着排在身后的女人说，"女士，我得去确认一下我哥们儿的身体情况，回来以后还排这里可以吧？"

女人点点头。

"谢谢。"士兵说完，便从人群中挤出一条路，来到候车室的一角。

角落里，另一个士兵坐在地上，单腿支起撑着头，双臂耷拉在两侧。他的战友来到他身旁蹲下，使劲摇他，急切地跟他讲了几句话。弓背瘫坐的士兵抬起头，拉格尔看见一双睡意蒙眬的眼睛和松弛歪斜的嘴唇，十足是个醉汉。

可怜的家伙，他心想，出营纵酒来了。他自己服役期间，也有几次在宿醉之后没法返回基地，只得去巴士站搭车，试图回到基地。

士兵快步回到队伍里的位置。他焦躁地咬着嘴唇，抬眼看看拉格尔，说："就这一条队在排，一动也不动。我感觉从下午一来就排在这儿了，那时候肯定才五点。"他那张光滑的年轻面庞此时因焦虑而扭曲。"我得赶回基地，"他说，"我跟菲尔必须在八点前回营，否则会被判私自离队。”

在拉格尔看来，他十八九岁，金发碧眼，有点瘦。显然，在两人之中，他是负责解决问题的那个。

“太惨了。”拉格尔说，“你的基地有多远？”

“就是公路前头那座机场，”士兵说，“实际上是导弹基地，以前是机场。”

拉格尔随即想到：天啊，就是那些东西起飞和降落的场所。“你们专门来城里泡吧吗？”他问道，尽可能保持闲聊的语气。

士兵说：“见鬼，当然不，哪会专门来这小破镇子。”他表现出极大的厌恶，“不是，我们休了一周的假，从海边一路玩过来的。自驾。”

“自驾，”拉格尔重复道，“唔，那你们怎么跑巴士站来了？”

年轻士兵说：“菲尔负责开车，我不会。但他酒还没醒。那是辆破老爷车，我们不要了，反正还得换新轮胎什么的，也等不了他酒醒。车爆胎了，就停在后头路边上，大概就值五十美元，是辆三六年的道奇。”

“要是能另找到司机，”拉格尔发问，“你们愿意开车回去吗？”我会开车，他心中盘算着。

士兵盯着他说：“轮胎咋办？”

“我会想办法的。”说完，拉格尔拽着士兵的胳膊，拉着他离开队伍，穿过候车室，去找他那瘫作一团的战友。“要不先留他在这儿，等我们把车开来。”拉格尔提议。这个叫菲尔的士兵看样子腿脚站不稳，走不动道，对自己所处的地方也一脸茫然。

士兵对他说："嘿，菲尔，这儿有个哥们儿能开车。把钥匙给我。"

"是你吗，韦德？"昏睡的菲尔嘴里哼哼。

韦德蹲下身，把战友的口袋翻了个底朝天。"给。"他找到车钥匙，递给拉格尔，又嘱咐菲尔道，"听我说，你先留在这里，我跟他步行回去开车，然后开过来接你。好吧？听明白了吗？"

菲尔点点头。

"走吧。"韦德对拉格尔说。两人推开门，走出候车室，来到漆黑阴冷的街上，韦德又道，"真希望那狗娘养的别突然发慌跑出去，跑丢了死也找不着。"

拉格尔与韦德出发了。四处一团漆黑，连路面都几乎看不清，只有脚底感受到人行道上遍布的裂缝与丛生的杂草。

"这什么荒郊野坡啊？"韦德说，"要是在划出了贫民区的大城市，他们就总是把长途车站修在贫民窟里；要是地方小，就选择这种荒郊野坡。"他大步前行，各种各样的残渣碎屑给踩得"簌簌"响，但谁也看不清。"乌漆嘛黑，"他骂道，"怎么想的，隔两英里安一个路灯？"

身后传来一声嘶哑的叫喊，两人于是停了下来。拉格尔转头望见无双大巴专线的蓝色霓虹灯牌，光芒中映出另一名士兵站立的身姿。他不顾腿脚不灵便，跟着两人出了候车室，此刻正左一歪右一倒地一路叫一路追上来。但他走几步便停下了，放下手中拖着的两只手提箱。

“啊，天哪，”韦德说，“咱们得回去一下，不然他一头栽地上，就死也找不着了。”他迈步返回，逼得拉格尔别无他法，只得跟上，“他准能在这里的空地上睡一整晚。”

他们刚赶过去，酒醉的士兵就一把抓住韦德说：“你们竟然丢下我，自己走了。”他整个躯体的重量都压在对方肩上。

“你得等在这儿，”韦德说，“我们去找车这段时间，你得看着行李。”

“我要开车。”菲尔说。

韦德一五一十地又对他详细解释了情况。拉格尔在旁边无助地转来转去，不知道自己还能忍多久。终于，韦德一边提起一只手提箱，迈步开走，一边对拉格尔说：“咱们走吧，帮忙提一下那个箱子，不然给他落下了，绝对再找不着。”

“我准是让人给抢了。”菲尔嘴里嘀咕。

三人磕磕绊绊，不停赶路。拉格尔渐渐分不清身处何时何地。一盏路灯在视野中变粗变长，越过头顶，向他们倾洒明亮的黄光，随即消逝在身后，又轮到下一盏路灯迎面而来。穿过空地，眼前出现的却是一座死气沉沉的方形厂房。他和两位同伴艰难跨过一长溜并排的铁轨，右边近处冒出众多齐肩高的混凝土装卸平台。菲尔撞上一个，索性将胳膊搭上去休息起来，前额枕在上头，显然睡熟了。

前方路沿上，一辆汽车吸引了拉格尔的注意。

“就是这辆吧？”他说。

两名士兵打量一番汽车。“我觉得是，”韦德兴奋地叫道，“嘿，菲尔——就是这辆吧？”

“没错。”菲尔说。

有个轮胎瘪了，车身向一侧倾斜。他们确实找对了。

“咱们现在得去搞个轮胎。”韦德说着，把两只手提箱扔进后备厢，“咱们先把千斤顶支起来，拆下轮胎看看要什么型号。”

他和拉格尔在后备厢里找着了千斤顶。在此期间，菲尔走开了。他们看见他站在几码之外，背对两人，仰头望着夜空。

“他能像这样站一个小时。”韦德说着，和拉格尔顶起底盘，“后面有个德士古加油站，爆胎前我们路过那儿。”他取下车轮，以娴熟的技巧推着它滚上人行道，似乎经验丰富。拉格尔连忙跟上。“菲尔哪儿去了？”韦德左右看看，问道。

哪儿都找不着菲尔的影子。

“去他大爷的，”韦德说，“保准是跑丢了。”

拉格尔说：“咱们快去加油站吧，我可耗不起一整晚的时间，你也一样。”

“这倒是实话。”韦德说，“好吧，”他开窍了，“没准儿他会回来倒在车里睡，那等我们返回后，在车里捡他就行。”他又开始快速滚动轮胎。

他们终于到了，加油站却黑灯瞎火，老板已经关门回家。

“老子真的要炸了。”韦德说。

“附近可能还有别的加油站。”拉格尔劝道。

“我印象中没有别的。”韦德说，“你觉得呢，怎么搞？”他似乎有些晕头转向，颓然无措。

“来，”拉格尔说，“咱们去看看。”

经过一段漫长的艰难跋涉，他们看见前方出现标准石油公司的红白蓝三色方形商标。

“阿门，”韦德念道。“你知道吗，”他开心地对拉格尔说，“走过来这一路上，我一直在掏心掏肺地祈祷，结果真灵验了。”他将轮胎越滚越快，发出胜利的呐喊，“快跟上！”他回头对拉格尔喊道。

加油站里，一个外表干净的男孩身穿浆挺的白色公司制服，爱搭不理地看着他们。

“嘿，你好啊，伙计。”韦德说着，推开加油站的房门，“卖个轮胎给咱吧？快快快！”

男孩放下他手中捣鼓的图表，从烟灰缸里捡起一根烟，走过去看轮胎。

“这是什么车的？”他问韦德。

“三六年款的道奇三厢。”韦德说。

男孩拿手电照了照轮胎，努力辨认一番规格，然后拿出一个厚厚的线圈本，在印刷页面上翻找。拉格尔觉得他每页至少前后左右翻来覆去对了四遍。最后，他合上线圈本，叹道：“我帮不上忙！”

“那能出个主意吗？”拉格尔耐心地说，“这位军人和他的战友必须马上赶回基地，否则会被判私自离队。”

加油站服务员用铅笔挠挠鼻子，然后说：“城际公路上有个服务区，大概五英里远。”

“我们可走不了五英里。”拉格尔说。

服务员继续道：“我有辆福特皮卡车，就停在那边。”他用铅笔指了指，“你们留一个人，带着轮胎押在这儿，另外一个开皮卡上城际公路。那是家海滨加油站，过第一盏路灯就到。把轮胎带回来，我帮你们装进轮毂，安装费六美元。”他从收银机上取下一串车钥匙递给拉格尔，“还有，”他说，“公路对面有家24小时餐厅，等你到了以后，帮我带个煎火腿奶酪三明治加麦乳精回来。”

“麦乳精要什么指定口味吗？”拉格尔问。

“菠萝味就行，我觉得。”他递给拉格尔一张一美元钞票。

“我留下，”韦德说，“快去快回！”他对着拉格尔的背影叮嘱道。

“好啊。”拉格尔说。

几分钟后，他已发动皮卡车，倒车上了空寂的街道，朝服务员所指方向一路行驶，最后终于见到了城际公路的路灯。

这都什么事啊！他心中默默叫苦。

8

身穿背心短裤的年轻人把一卷录影胶片的始端绕上输片齿轮，转动齿轮卡紧胶片齿孔，然后按下按键，开始输片。十六英寸的屏幕上出现一幅画面。年轻人坐到床沿上观看。

开场画面显示出一条白色混凝土路面的六车道公路，中间绿化带上生长着灌木与青草。公路两侧广告牌上展示的零售商品清晰可见。路上汽车川流不息，其中一辆忽然变道，另一辆随即减速，准备加塞。

一辆黄色福特皮卡车占据了画面。

放映机扬声器里传出声音：“那是辆 1952 年款的福特皮卡车。”

“明白。”年轻人说。

接着，镜头切换到侧面，展示出卡车的侧视画面，随后又对准它的正面。年轻人仔细观看迎面而来的车头。

背景忽然变黑。卡车打开前灯。镜头切换正视、侧视、后视多个角度，年轻人细细观察，尤其是它的尾灯。

屏幕上恢复了自然光。卡车行驶在阳光中，忽然变道。

“行车规定要求，变道前驾驶员须以手势示意。”背景声音说。

“对。”年轻人附和。

皮卡车开到砾石路肩上，停下。

“行车规定要求，靠边停车前驾驶员须以手势示意。”那声音又说。

年轻人起身，过去倒带。

“都记清楚了。”他自言自语着，倒好带，换上另一卷胶片。正在挂卷的时候，电话响了。他站在原地喊了声：“喂。”

铃声停了，墙上传出一个声音，音量极小，听不出是谁：“他还在排队。”

“知道了。”年轻人说。

电话“咔嗒”一声挂断。年轻人上好胶片，开始输片。

屏幕上出现一个身穿制服的男性形象。高筒靴，棕色裤腿扎进靴子，皮带，套着皮套的手枪，棕色帆布衬衫，领口凸出一截领带，厚实的棕色夹克，大檐帽，太阳镜。制服男子转身，从多角度展示了自己。之后他跨上一辆摩托车，脚下踹动发动机，“突突突”离开了。

屏幕播放着他一路骑行向前的情景。

“好。”穿背心短裤的年轻人说着，拿出电动剃须刀，“啪”地打开，边看屏幕边刮起了胡子。

只见屏幕上的公路巡警开始追一辆轿车，很快便追上了，挥手命令它靠边停下。年轻人一边靠着习惯动作继续刮胡子，一边研究公路巡警脸上的表情。

公路巡警说：“好了，请出示一下驾照。”

年轻人跟读：“好了，请出示一下驾照。”

被逼停的车开了门，车上下来一个中年男子，身穿白衬衫和皱巴巴的休闲裤。他一边将手伸进口袋，一边问：“我犯啥事了，长官？”

公路巡警说：“你知道这里是限速路段吧，先生？”

年轻人跟读：“你知道这里是限速路段吧，先生？”

司机说：“当然，我只开了四十五迈[①]，就按照后头标志牌说的。”他把钱包递给公路巡警，对方接过去仔细检查驾照。屏幕上出现驾照的近距特写，停留不动，直到年轻人刮完胡子，往脸上搽了须后乳液，又用抑菌漱口水漱了口，给腋下喷了祛味剂，开始找衬衫，驾照的图像才消失。

“你的驾照过期了，先生。”公路巡警说。

年轻人从衣架上取下衬衫，一边跟读：“你的驾照过期了，先生。”

① 速度单位，45 迈约为 72 公里 / 小时。

电话又响了。他一步跨到放映机旁，按下暂停键，应答道：“喂。”

墙上又传出那个细不可察的声音：“他现在正在和韦德·舒尔曼交谈。”

“收到。”年轻人说。

电话“咔嗒”一声挂断。他又继续放映胶片，这一次用了快进模式。当他停止快进，切回播放状态时，公路巡警正从一辆轿车车尾走向车头，指示里面的女司机：

“请把脚踩在刹车踏板上。”

“我不明白这是什么用意。”女司机说，“我在赶时间，你却要莫名其妙地阻碍我。补充一下，我略懂一点法律。”

年轻人系好领带，把厚实的皮带围在腰上，挂好手枪和枪套。“抱歉，先生。”他一边扣上大檐帽一边练习台词，“你的尾灯没有正常亮起。要正常行驶，必须按规定打尾灯。请立即停车，并出示驾照。”

正在穿外套的时候，电话又响了。

“喂。”他应道，一边仔细照着镜子。

“他现在跟韦德·舒尔曼和菲利普·伯恩斯一起去找车了。”那细微的声音说。

“收到。”年轻人回答。他来到放映机前，定格播放展示公路巡警的那一小段胶片，特写、前视图，然后将镜子里的自身形象与之比较。棒呆了，他最终确定。

“他们马上要进标准石油加油站了。”那细微的声音说，“准备出发。”

“我过去了。”说完，他跨出屋子关上门，走上黑漆漆的混凝土坡道，来到摩托车旁，跳上车座，浑身重量都压在了启动踏板上。摩托发动了，上下颠个不停，他把车溜到街上，打开前灯，拧动离合，挂上挡，松开离合，开始给油。伴着一声轰响，摩托车向前行驶。他笨手笨脚地紧捏着车把，直到速度上来，才略微放松，塌下腰身。来到第一个十字路口，右转，驶向城际公路。

他已经上了公路，才后知后觉地发现好像漏了东西。是什么？制服的某一部分。

太阳镜。

晚上也要戴吗？他沿着城际公路骑行，一边努力回忆，轿车和卡车纷纷被他超过。可能是用来阻挡迎面而来的远光灯眩光吧。他一手握住车把，另一只手伸进外套口袋。摸到了。他迅速拿出来，架在鼻梁上。太阳镜刚戴好，他顿觉眼前一黑，霎时间什么也看不见，浓重的黑暗遮蔽了视野。

可能搞错了。

他摘下太阳镜，试了试透过镜片和不透过镜片看路的区别。左边有辆大车赶上来，与他并排行驶，他一开始没有在意。原来是辆拖车，由轿车牵引着。他加速超车，对方却也跟着加速。

见鬼。他对自己说，好吧，确实漏了东西，是手套。他的双手没有任何保护，一只握着车把，一只拿着太阳镜，冻得开始麻木了。

时间够他折返吗？不够，他心下定论。

他眯起眼睛，仔细搜寻黄色福特皮卡车的踪影。它即将在前面信号灯那儿上高速。

左边的拖车已经跟上来，超到前面，他发现这辆车企图一点点变到他的车道。靠，他心中暗骂，忙收起太阳镜，偏转摩托车头向右变道。一声刺耳的喇叭随即传来，右方正对着他就有一辆车。他又扳回车头，此时拖车对准他别了过来，他连忙伸手去按喇叭。什么喇叭？摩托车有喇叭吗？警笛！他弯腰摁响警笛。

警笛不停尖啸着，拖车不再向他紧逼过来，回到了自己的车道。右边的车也给他让出了更多空间。

注意到这点，他信心陡增。

到他发现黄色的福特皮卡车时，他已经开始享受这项任务了。

一听到警笛声从身后传来，拉格尔就知道，他们是铁了心要抓住他。但他既没有减速，也没有加速，而是等到后视镜里清楚地出现追踪者。这人驾驶的是摩托而非汽车，而且来人只有一个。

现在，我得用上自己对时空的超常感知，他对自己说，我的卓越天赋。

他打量着周围的车流情况，观察车辆的位置与速度。一切了然于胸之后，他立即干脆利落地插进左侧车道，塞入两辆轿车中间。后方车辆无法，只得减速。如此，他不动声色地将皮卡车插入了一条拥挤的车道。接着，他又快速地连续多次变换车道，最终来到一辆巨无霸两节挂车前，利用挂车阻挡追踪者的视线。整个过程中，警笛一刻不停地尖啸着。现在，他看不到摩托车的具体位置，而且，他想，毫无疑问对方也把他跟丢了。

后有挂车，前有轿车，他的尾灯已被完全遮挡。而在夜里，警察只能依靠尾灯追踪。

刹那间，摩托车从他左边车道疾驰而过。巡警转头认出了他，却无法靠近皮卡，只得随车流继续向前。车流并未停止。路上司机搞不清追踪对象是谁，以为摩托车还要追向更前方。

接下来，他会靠右停在前面路肩上守株待兔。拉格尔揣度着，立即变道，插进左侧车道，于是和摩托车之间相隔两条车道。拉格尔放慢了速度，逼得后方汽车纷纷从右侧超车。右边的路况变得拥挤不堪。

须臾之间，他瞥见摩托车停在了碎石路肩上。身穿制服的巡警回头张望，却没看见皮卡车。仅仅分秒之差，拉格尔已进入安全地带，远远超到了他前面。现在，拉格尔持续加速，第一次冲到所有车辆之前。

很快，他要找的那组信号灯便映入眼帘。

但他却没有看见自己受托前往的那座海滨加油站。

奇了怪了，他默念。

最好是离开这条路，他自言自语，免得又被盯上。毫无疑问，我违反了某项规章制度。这辆皮卡的后保险杠上，或者别的什么地方，没有贴正确颜色的反光条。诸如此类的任意借口，就能触动国家机器，各方合力围捕我。

我知道这些念头都是臆想作怪，他对自己说，但我真的不想被抓住。

他打个手势，驶离高速公路。皮卡车摇晃颠簸，开上一条车辙深陷、杂草丛生的泥土路。之后他停下车，立即关灯熄火。没人能发现我了。他自言自语，可这里究竟是哪儿呢？接下来要怎么做？

他伸长了脖子，搜寻海滨加油站的踪迹，却一无所获。十字路口的路灯只照亮了几百码路程，更远的路段消失在黑暗中，路旁什么也没有。不过是条小道，从出城大路分岔了开去。

城际公路前方，远远地，隐约能看到一块单色霓虹灯牌。

就开到那儿去吧，他暗自决定。冒险回到城际公路上是否可行？

他等了一阵，直到回头望见一波密集车流驶来。他当机立断，发动引擎，以迅雷不及掩耳之势冲到公路车流的最前方。就算有哪个巡警追来，也不会发现车流中多出一对尾灯。

没过多久，拉格尔已能看清那块霓虹灯牌，原来是家路边小酒馆。店面“唰”地迅速闯进视野：停车场，碎石地面；高高的立式招牌：**弗兰克烧烤酒吧**；五边形平房，窗户灯火通明，灰泥外墙颇具现代风。没有几辆车停靠。他打个手势，冲下高速公路，进入停车场，却并未减速停车，而是换到低挡，眼看在距烧烤酒吧外墙仅一英尺的位置擦边开过，禁不住浑身哆嗦。他驾驶皮卡车绕着建筑物外围开了大半圈，消失在平房背后，又转回工作人员入口处的垃圾桶和一堆堆板条箱之间。这里无疑是送货卡车的卸货点。

他下了皮卡车，又走回公路边，看车停得是否显眼。嗯，从公路上看不见，坐在行驶的车里就更不容易发现。若是有人问起，只要一口咬定和这辆车没有任何关系就行。谁能证明他是开这辆车来的？他可以说，我走过来的。或者说，我搭了趟便车，载我的司机送我到这儿之后，从岔道开走了。

他推开烧烤酒吧的门，准备进店。也许店员知道海滨加油站在哪儿。他自言自语，这里可能就是那小伙子托我带煎火腿三明治和麦乳精的地方。

其实我还是过于乐观了，他想，店里客人也太多了，就跟大巴车站一样，一个路数。

大多数卡座都被情侣占据。好些男人围坐在中间甜甜圈形状的吧台前用餐喝酒。房间里充斥着煎牛肉饼的味道，墙角有台自动点唱机在放声高歌。

停车场里车辆那么少，不足以解释这么多顾客的来由。

他们暂时还没发现他。他立即关上门，没有进去，而是飞快地走开了，穿过停车场，绕过酒吧外墙，来到停靠的皮卡车旁。

太大了。太现代了。太亮了。生意太好了。这是我精神障碍的最后阶段吗？怀疑他人……怀疑人类群体、人类活动，怀疑嘈杂多彩的人类生活，他想着，而我行为反常，躲避人群，追寻暗处。

他回到黑暗中，摸进皮卡车，发动引擎，在不开车灯的情况下，调头面向城际公路。眼瞅着车流中出现一个空当，他立即开出去，进了第一车道，再次驱车驶离城市。走了一段他猛然回过神来，这是别人的车，属于一个平生素未谋面的加油站服务员。我这种行为属于偷盗，他反应过来，可是除此下策，还能怎么做呢？

我知道他们给我布下了天罗地网。那两名士兵和服务员，合起伙来算计我。大巴车站也参与其中，还有出租车司机，所有人。谁都不可信任。他们让我开这辆皮卡出来，好被巡路的第一个巡警逮住。可能这辆车的尾灯亮起来就显示出五个大字“**俄罗斯间谍**”。这算是“速来害朕”的臆想吗？他想。

没错，他思量道，我背上就是别着“速来害朕”的标签，不管怎么扭头，不管多快地转圈，都看不见那标签，但直觉告诉他，它确实在背上。通过对其他人的观察、对其他人行为的评估，从他们的言行之中，他推断出，自己背上必定有个那样的标签，因为他看见其他人都排着队来害他。

我不会再进入任何一个灯火明亮的地方。我不会再和不认识的人搭讪。对我而言，没有几个真正的陌生人，大家都认识我，要么是敌，要么是友……

友。他咂摸着这个字，谁是友？在哪里？我姐姐？姐夫？邻居？我对他们的信任，不高于任何普通人。那不够。

所以我才会在这儿。

他继续行驶。再也没有霓虹灯映入眼帘。公路两旁的大地一片漆黑，死气沉沉。路上车辆逐渐稀少，分隔带左侧的车道上，偶尔有对向来车的车灯一闪而过。

真寂寞。

他低头扫了眼仪表板，发现这辆皮卡装有车载收音机。他认出了调频刻度条和两个旋钮。

要是打开收音机，就能听到他们在商量我的事吧。

他伸出手，犹豫片刻，还是打开了收音机。机器嗡嗡响起来，电子管逐渐预热，静电噪声夹杂着少许别的声音传出。他边开车边调整音量。

“……待会儿。”一个尖厉的声音说。

“……不。”另一个声音说。

“……最大努力。”

“……好。”一连串嘟嘟声。

这是他们的往来通话。拉格尔对自己说，电波里充斥着警戒的意味：拉格尔·古姆躲过了我们！拉格尔·古姆逃脱了！

尖厉的声音继续道："……更有经验……"

拉格尔心说：下次派一支更有经验的小队。这帮人太业余了。

"……早不如……无益……"

早不如放弃的好，拉格尔补完这句话，继续追踪也是无益，他太过精明，老谋深算。

尖厉的声音仍在说着："……舒尔曼发话了。"

这个舒尔曼一定是司令官。拉格尔自言自语，最高指挥官，身处日内瓦总部。绘制绝密战略地图，协调全球军事行动，一切军力向这辆皮卡车汇合。多支战舰编队正向我驶来。原子炮向我瞄准。这些都是日常操作。

尖厉的声音听得人头疼，他于是关掉了收音机。就跟老鼠似的。一群老鼠吱来吱去，叫个不停……他不禁起了鸡皮疙瘩。

根据里程表显示，他已经行驶了大约二十英里。这么长的路途中，没有城镇，没有灯光，现在路上甚至看不到一辆车，只有前方的道路和左侧的分隔带。车灯照亮了公路的铺面。

黑暗笼罩着平坦原野。天上星光点点。

就连农舍都没有吗？路牌也没有？

天啊，他想，要是车子在这外头抛锚了怎么办？这是哪儿？会是哪儿？

我是不是根本没动，而是卡在一条夹缝当中，皮卡车轮在碎石路面上空转……无用地旋转，直到海枯石烂。运动只是错觉。马达隆隆，车轮吱吱，前灯照在路面上，位置却纹丝不动。

然而，要停车下去徒步探寻，这念头又让他心里不大自在。见鬼啊，他想，待在皮卡车里至少是安全的。有这样一层保护罩，金属外壳。面前有仪表板，屁股下有座位。表盘、方向盘、脚踏板、旋钮……

好过那空寂无人的荒野。

随后，右方远远地有一点灯光进入视野。又过了片刻，车灯照见一块标牌，表示前方有道路交叉口，道路在这儿分向左右两边。

他减速右转，上了岔路。

道路狭窄，破损的路面在车灯光束下忽隐忽现。皮卡车颠簸摇晃起来，他放慢了速度。这是条废弃支道，缺乏养护。卡车前轮忽然陷进坑里，他挂到二挡，几乎动弹不得，还险些磕断车轴。他驾驶得越发小心翼翼。道路盘曲蜿蜒，坡度渐陡。

现在他进了山，周围植被茂密。车轮碾过一根树枝，传来“嘎吱”一声脆响。忽然有只白色毛皮的小东西仓皇蹿出，他急打方向盘避开，车轮却陷进泥地空转，吓得他赶紧又扳回方向。方才的噩梦再度重现……车轮空转，进退不得，在松散细碎的泥土中越陷越深。

他换到低速挡，操纵皮卡车爬上异常陡峭的山坡。至此，硬化的路面已全然不见踪影，代之以夯实的泥土路面，之前的车辆留下两道深深的车辙。什么东西从车顶擦过，他不由自主地做了个躲避动作。车灯照见重重落叶，光线淌过路面，原来车头正对着一条下坡路的边缘。眼前道路向左急转，他猛打方向盘，前路重又出现，更远处则被上方蔓生的灌木丛掩蔽。路更窄了。皮卡驶过一个坑洼，颠簸得厉害，他忙踩刹车。

到下一个急弯，皮卡滑出路沿，前后右轮都陷进了灌木丛中。车轮空转，他猛地踩下刹车，发动机熄火了。车身忽然倾斜，他感到身体滑向副驾驶侧，连忙用双手抓紧车门把手。卡车无力地呜咽几声，上移一点儿，便完全停了下来，斜在一边。

这就该结束了吧，他默默想。

过了好一阵，他才平静下来，开门下车。

车灯光线穿过树丛和灌木，射向头顶的天空。道路陡直往前，仿佛在山顶就到了尽头。拉格尔转身看看山下，远远的下方亮起一长列光点，是公路，却看不见城镇，望不见人烟。山侧悬崖似一把利剪，剪断了灯带。

他迈步沿盘山公路向前走，依赖触觉多过视觉。如果右脚踩到树叶，就往左转一点。与雷达波束同理，他对自己说，直线前进，遇障碍立即偏折。

落叶里传出各种响动，随着他的脚步声接近，窸窸窣窣地溜远了。应该不是什么毒虫害兽，他想，不然不会逃得那么快。

脚下忽然踩空，他踉跄几步，总算稳住了身体。路面已然变得平坦。他重重呼出一口气，停了下来。他已经到达山顶。

右边一点光芒亮着。有座房子，离大路较远。是座平房，显然有人居住，灯光从窗户中透出来。

他朝亮光走去，沿一条泥土路来到一道栅栏前，双手摸到一扇门，费了老大的劲儿把门向后拉开。泥土路继续往前延伸，两道深深的车辙直通向房屋。他连滚带爬地朝前走，终于踢到一级石阶。

房屋的台阶。他终于到了。

他挥着胳膊，跌跌撞撞爬上台阶到达门廊。一通摸索之后，手指碰到一个老式的铃铛。

他按响门铃，然后站在门前等待。仍旧气喘吁吁，身子在寒夜中瑟瑟发抖。

门开了，一个外表普通的棕发中年妇女望向门外的他。她身穿褐色休闲裤配红棕双色格子衬衫，脚蹬一双高帮按扣式工装鞋。凯特尔拜因太太。他心说，是她吧。但他认错了。他盯着她，两人视线相持了一阵。

“嗯？”她打破沉默。她身后的客厅里还有一个人，男性，斜过头盯着他看。“有什么事吗？”她问。

拉格尔说：“我的车抛锚了。”

“噢，快进来吧。”女人说着，把门推开了些，“你受伤没有？是一个人吗？”她走到门廊上，看他是否还有同伴。

“就我一个。”他回答。雀眼枫木家具……矮椅、大桌、长凳，长凳上面放着一台便携式打字机。一座壁炉。宽壁板，头顶横梁交错。“真暖和。”他说着，向壁炉走去。

男人手里拿着一本打开的书。“你可以用我们的电话。”他说，“你走了多远到这儿的？”

“不太远。”他说。男子五官平平，脸部饱满，皮肤光滑得像个孩子。他的模样比女人年轻得多，也许是她儿子。真像沃尔特·凯特尔拜因。他想，何其相似。一时间……

“还好你找的是我们。”女人开口道，“山上这么多房子，就我们家有人。其他住户一般只上山来避暑。”

“原来如此。”他说。

“我们一年到头都住这里。”年轻人说。

女人自我介绍道：“我是凯塞尔曼太太，这是我儿子。”

拉格尔目不转睛盯着两人。

“怎么了？”凯塞尔曼太太说。

“我——我觉得这个名字很耳熟。”拉格尔说。可这又意味着什么呢？这女人绝不是凯特尔拜因太太，这小伙子也不是沃尔特。即便彼此相似，这一事实也毫无意义。

“你上这条道来做什么？”凯塞尔曼太太问，“谁都不在，这里就是个荒山土疙瘩。我知道，我自己这么说有些别扭，毕竟我们还住在这儿。”

拉格尔回答：“我来找一位朋友。”

这话似乎令凯塞尔曼母子颇为欣慰。两人点点头。

“我开到一条S弯道上，车子侧滑出去翻了个个儿。”拉格尔说。

“啊，天哪，”凯塞尔曼太太低呼，“好揪心。车从路边滑下去了吗？翻进沟里了吗？”

“没有，”他说，“可是得把它拖上来。我不敢回车上，怕它继续往下滑。”

“千万别回车上。”凯塞尔曼太太说，“以前发生过类似情况，车从路边一直滑下去，摔到了山脚下。你要不要打电话给朋友报个平安？”

拉格尔说：“我不知道他的号码。”

“不能在电话簿里查查吗？”小凯塞尔曼问。

“我也不知道他的名字，”拉格尔说，“甚至不知道他是男是女。”甚至，他想，不知道有没有这个人存在。

凯塞尔曼母子俩对他露出信任的微笑。当然，他的真实意图或许并没听起来那么难以理解。

“要叫拖车吗？”凯塞尔曼太太说。

这时，她儿子开口了。“大晚上的，没人会派拖车上这儿来。”他说，“我们以前找过好几家修车厂，谁都懒得动一动。”

“那倒是。”凯塞尔曼太太说，“啊，天哪，这可真是个大麻烦。我们一直害怕这种事情发生在自己身上，好在从来没有过。当然，这么多年了，我们对这条路也非常熟悉。”

小凯塞尔曼提议道：“我很乐意开车送你去朋友家，只要你知道地址。或者也可以送你回城际公路，直接送进城也行。”他看了母亲一眼，她点头表示赞许。

“你真是太好了。”拉格尔说。但他不愿离开，自顾自凑到壁炉边烤火，享受房间里的宁静。从某些方面来讲，他觉得这是他记忆中待过最雅致的房子。墙上挂着拓画，房间丝毫不乱，没有一个无用的小摆件。所有陈设摆放得颇有品位，书籍、家具、窗帘……满足了他与生俱来的强烈秩序感与规则意识。他认定，这里存在着真正的美学平衡，所以如此令人平静。

凯塞尔曼太太等着他言语上或行动上的下一步反应。可他只是赖在壁炉边站着不肯走，她于是说：“想喝点什么吗？”

“好啊，”他答道，“谢谢。”

“那我去看看有什么。”凯塞尔曼太太说，“失陪了。”她起身离开，儿子仍留在房间里。

“外面有点冷吧。”她儿子关切道。

“嗯哪。”拉格尔说。

年轻人有些别扭地伸出手。“我叫加勒特，”他边握手边自我介绍，“是搞室内装修的。”

无怪乎房间装潢如此有品位。“你家装修非常不错。”拉格尔说。

“你是干哪行的？”加勒特·凯塞尔曼问。

“跟报业相关。”拉格尔说。

“噢，我去，”加勒特说，“没开玩笑吧？你的工作一定特有意思。读书的时候，我也干过几年记者。”

此时，凯塞尔曼太太端着托盘回来了，盘上放有三只小玻璃杯和一个造型奇特的瓶子。“田纳西酸麦芽威士忌，”说着，她把托盘放到玻璃面茶几上，“本国最为老字号的酒厂酿造，杰克丹尼黑标。”

“我还是第一次听说，”拉格尔答道，“好像挺不错的样子。”

“这可是上乘的威士忌，”加勒特递过一杯给拉格尔，极力推荐道，“跟加拿大威士忌有点像。”

“我平常喝啤酒比较多。”拉格尔说着，抿了口酸麦芽威士忌，感觉还不错。“挺好。”他称赞。

之后，三人闭口无言。

拉格尔喝完威士忌，开始给自己倒第二杯，这时凯塞尔曼太太开口了：“这个点开车过来找人，好像不是时候。人们一般是白天上山。”她面对他坐下，她儿子则坐上了沙发扶手。

拉格尔说：“我跟老婆吵了一架，再也忍不下去，不走不行了。”

“真惨。”凯塞尔曼太太评价。

“我甚至没顾得上收拾衣服，”拉格尔说，“一心只想逃离，也没有明确的目的地。后来我想起这位朋友，觉得应该可以来投奔他一阵，等生活理顺了再说。但是很多年没见，他大概早就搬走了。婚姻破裂可真是糟糕，好像世界到了末日一样。”

“确实。”凯塞尔曼太太表示赞同。

拉格尔说:“让我在这里留宿一晚可以吗?”

两人对视一眼,面露难堪,然后异口同声地给出答复,主旨便是拒绝。

“我需要找个地方过夜。”拉格尔告诉他们,同时伸手进大衣口袋翻出钱包,打开来数了数钱,“我身上带了几百美元,”他说,“抱歉打搅二位,给你们带来不便,我可以用一些资金做补偿。”

凯塞尔曼太太说:“请容我们商量一下。”于是起身,招招手叫走儿子。门在他们身后关上,两人的身影消失在另一个房间里。

我一定要在这里过夜。拉格尔心下盘算着,又给自己倒了一杯酸麦芽威士忌,擎着酒杯走回去,站在壁炉旁烤火。

那辆有车载收音机的皮卡车,他心里想,一定是“他们”的车,不然不会安装收音机。标准石油那个男孩……也是代他们行事。

收音机,拉格尔自言自语,收音机就是证据。它不是我脑子里的臆想,而是现实。

从结果反推,应该就能辨别因由。他想,而结果就是,他们用无线电互相联系。

门忽然打开,凯塞尔曼太太带着儿子回来。“我们商量过了,”她在拉格尔对面的沙发上坐下,她儿子站在身边,神情严肃,“我们觉得你明显情绪低落,也很清楚你境遇不顺,既然这样，我们可以收留你，但希望你对我们坦诚一些。我们觉得，到目前为止，你隐瞒了一些情况，没有告诉我们。”

拉格尔答道：“你说得对。”

凯塞尔曼母子俩交换了一下眼神。

“我开车到这边，是打算自杀的。”拉格尔说，“本来想加速冲向路边，栽进沟里撞死。可是始终没那个勇气。”

凯塞尔曼母子俩惊恐地盯着他。“啊，不会吧。”凯塞尔曼太太念叨着，起身朝他走去，“古姆先生——”

“我不叫古姆。”拉格尔说。但是显然，他们认出了他。从一开始就认出了他。

全宇宙的人都认识我。我本不该感到惊讶。事实上我也丝毫不觉惊讶。

“我早就认出你了。”凯塞尔曼太太说，“但我不想让你难堪，万一你不愿透露身份呢。”

加勒特开口道：“不介意的话，我想问问，古姆先生是什么人？我觉得我应该知道，但想不起来。”

他母亲于是介绍：“亲爱的，这位古姆先生，就是《公报》竞猜的卫冕冠军，记得上周我们还在电视上看了关于他的片子。”她又对拉格尔说，“啊，我对你可太了解了。1937 年，我参加过‘老金竞猜’，还一路爬上冠军宝座。每一道谜题都让我猜中了。”

“但她是靠作弊。”她儿子插嘴。

“没错，”凯塞尔曼太太说，“那会儿，我经常趁午饭时间和闺蜜溜出去找一个消息贩子，我们凑五美元给那小老头，他就偷偷摸摸塞给我们小抄。”

加勒特回到正题：“希望你不介意睡地下室。那里其实不是什么地窖，几年前，我们把它改造成了娱乐室，安了张床，还配了盥洗间……用于给来不及赶下山的客人留宿。”

“你不会还想——寻短见吧？”凯塞尔曼太太问，“心里应该没这打算了吧？”

“没有了。”拉格尔说。

她松了口气，说：“真让人高兴。同为竞猜冠军，如果你真有不测，我会很难过的。大家都盼着看到你继续卫冕。”

“只要想一想，”加勒特说，“我们阻止了——”他顿一下，才想起对方姓名，“——古姆先生任由自我毁灭的冲动摆布。我们的名字将与他的名字联系在一起，载入史册，流芳百世。”

“流芳百世。”拉格尔附和。

又一轮田纳西酸麦芽威士忌斟上。三人坐在客厅里，喝着酒，各自打量对方。

9

门铃响了。茱茱·布莱克放下手中杂志，起身应门。

“威廉·布莱克先生的电报。”身穿西联制服的电报童说，“请在这里签字。”他递过笔和写字板，她签了名，收下电报。

关上门后，她把电报交给丈夫，说：“你的。”

比尔·布莱克打开电报，转身用后背挡住妻子的视线，才查看传来的消息。

摩托跟丢皮卡。古姆过烧烤吧。不明。

千万别把男人的工作交给一个嘴上无毛的人。比尔·布莱克自言自语，实际情况“不明”。他看了眼腕表。晚上九点半。越拖越晚，现在真的太晚了。

“那上面写啥了？”茱茱问。

“没啥。”他说。不知道他们能不能找到他，他默默想着，但愿能行，因为一旦找不回来，到明天这时候，地球上就会有人死于非命，天知道人数会有几千。我们能不能活命，全仰赖拉格尔·古姆和他的竞猜。

“是要大祸临头了吧？”茱茱说，“从你脸上的表情看得出来。”

“公事，”他答道，“市政公务。”

“哦，真的吗？”她说，“别撒谎了。我敢打赌，这条消息跟拉格尔有关。”她猛地从他手中抢过电报，攥着它冲出房间。“确实是！”她叫道，远远地一个人站着看电报，“你都干了什么——雇凶杀他?！我知道他失踪了。我刚跟玛戈打过电话，她说——”

他总算把电报从她手里夺了回去。“你根本不明白这些话的意思。”他借助强大的自控力吐出这几个字。

“我看得懂它的意思。一听玛戈说拉格尔失踪——”

“拉格尔没失踪，”他否认，自控力已消退如强弩之末，“只是离家出走了。”

“你怎么知道？”

“就是知道啊。”他说。

“你当然知道，因为他失踪，你有不可推卸的责任。”

从某种意义上讲，她说得对。比尔·布莱克想，我确实有责任，因为他和维克从秘密基地冲出来的时候，我以为他们在恶作剧。“行吧，”他承认，“是我的责任。”

她的眼睛立马变了颜色，瞳孔也收紧了。“啊，我恨你！”她说着，狠狠甩一下头，“我恨不得割开你的喉咙。”

“来啊，”他答道，“这倒可能是个好主意。”

“我要去趟隔壁。”茱茱说。

“去干吗？”

“我要告诉维克和玛戈，他失踪都是你害的。”她快步跑向前门，他追上去，抓住了她。“放开我，”她叫道，拼命挣脱他的手，“我要告诉他们，拉格尔和我彼此相爱，只要你这个恶毒的家伙没把他害死——”

“坐下，”他说，“别吵吵。”随即他又想到，拉格尔明天不会待在家里解谜了。恐慌在他心中潜滋暗长，并逐渐占领了他的心智。“我真想躲进衣橱里。”他告诉妻子，过了一会儿又说，“不，我想在地板上挖个洞，钻进地里去。”

“好幼稚的悔罪方式。”茱茱嘲讽道。

比尔·布莱克说：“只是恐惧。单纯的恐惧。”

“那是无地自容。”

“不，”他说，“是童年恐惧。成年恐惧。”

“‘成年恐惧’，”茱茱哼了一声，“哪有这玩意儿。”

“真有的。”他说。

加勒特往椅子扶手上搭了条叠好的干净浴巾，以及搓澡巾和一块没拆封的肥皂。“没有睡衣，得委屈你将就一下了。”他客套道，“这扇门过去就是盥洗间。”他打开一扇门，拉格尔望向门后狭窄如轮船舷侧通道的走廊，通往尽头那狭窄如壁橱般的盥洗间。

“好。”拉格尔说，酒精唤起了他的倦意，“谢谢，明天见。”

“要是你睡不着想看书的话，”加勒特说，“娱乐室里本身就有很多图书杂志。还有国际象棋和各类桌游，不过都不是单人玩的。”

他离开了。拉格尔听见他脚步匆匆，登上楼梯前往一楼，然后关上楼梯顶部的门。

拉格尔在床上坐下，扯掉鞋子往地上一丢，然后用两根手指各勾一只，提起来，想找个地方放。他留意到墙上有个水平长搁架，架上摆了一盏灯、一个发条钟、一个小型白色塑料收音机。

一看到收音机，他立马把鞋子重新穿上，扣好衬衫扣子，冲出房间走向楼梯。

差点就让他们糊弄过去了，只可惜他们露了马脚。他一步跨两级来到楼梯顶上，推开门。加勒特·凯塞尔曼先于他经过这里才不过一两分钟。拉格尔站在楼梯间，仔细聆听。远远地传来凯塞尔曼太太说话的声音。

她在跟他们联系，打电话或者发无线电，总归是其中一种。

他沿过道朝她语声传来的方向走去，尽量不弄出响动。漆黑的过道尽头是一扇半开的门，缕缕灯光从中流泻而出，走近一看，原来是间饭厅。

凯塞尔曼太太换上了睡袍和拖鞋，包着干发巾，正在往地上的食盘里添食，喂一条小黑狗。拉格尔推开门时，她和狗都惊了一下。狗向后退去，张口发出一连串急促的吠叫。

“啊，”凯塞尔曼太太说，“你吓了我一跳。”她手里拿着一盒狗饼干，“还有什么需要的吗？”

拉格尔开口道：“楼下我房间里有台收音机。”

“嗯哪。”她应道。

“他们就是靠这个联络的。”拉格尔说。

“谁？”

“他们，”他说，“他们四下围堵我。我不知道他们的具体身份。他们要抓我。”而且，他想，你和你儿子也是其中之二。你们差一点就得逞了，只可惜忘了把收音机藏起来。也许是没来得及。

加勒特从楼梯间过来。“没什么事吧？”他语气中透着担忧。

他母亲对他说：“亲爱的，把门关上，好吗？我想跟古姆先生单独聊聊。”

“我要求他也在场。”拉格尔说着，向加勒特走去。加勒特连连眨眼，慌忙后退，无助地挥舞着胳膊。拉格尔关上门，开口道:“我没法确认你们是否打了电话,报信说我在这里。我只能赌一把,你们还没来得及那样做。”

我也不知道还能去哪儿,他心中哀叹,今晚肯定没辙了。

“说说吧,你要干吗?”凯塞尔曼太太问道,弯下腰继续喂狗。狗又朝拉格尔吠叫几声,继续吃食。“有一帮人要抓你,你非说我们也是一伙的。那你所谓的‘自杀’那档子事,也是编的吧。”

“是编的。”他承认。

“他们为什么要抓你?”加勒特问。

拉格尔说:“因为我是宇宙的中心。至少,这是我依据他们的行为推断出的结论。他们的行动处处印证这点,这也是唯一能串起一切的逻辑基础。他们排除万难,在我周围构建一个虚假的世界,保障我无忧无虑生活。楼房啦,车辆啦,整座城看起来很自然,却根本不真实。而我仍不明白的一点,是竞猜。”

“哦,”凯塞尔曼太太说,“你守擂的竞猜。”

“显然,竞猜对他们至关重要,”拉格尔解释道,“可我琢磨不透。你清楚情况吗?”

“我了解的也并不比你多。”凯塞尔曼太太答道,“当然,我们经常听说,这种大型比赛都有黑幕……但除了这种常见的谣言以外——”

“我是说,”拉格尔换个问法,“你们了解竞猜的实质究竟是什么吗?”

两人谁也没答话。凯塞尔曼太太背对着他继续喂狗，加勒特坐上一把椅子，跷起二郎腿靠着椅背，双手枕在脑后，强作镇定。

“你们知道我每天真正在做什么吗？”拉格尔说，“我满以为自己是在推算小绿人接下来出现在哪里，但真相绝不是这样。他们一清二楚，只把我蒙在鼓里。”

凯塞尔曼母子俩都没接腔。

“你们打过电话吗？”拉格尔问他们。

加勒特身子一颤，面露窘色。凯塞尔曼太太继续喂着狗，她的手似乎也有些抖。

“我能在这房子里转转吗？”拉格尔又问。

“当然可以。”凯塞尔曼太太说着直起身来，“听我说，古姆先生，我们一直在尽最大努力迎合你的要求，可是——”她猛一甩手，情绪骤然爆发，“实话讲，你搅得我俩不得安宁、晕头转向。我们这辈子从来没见过你。你是疯了吧？对吧？大概是的：你的一言一行自然反映了自己的内心。现在我恨不得你根本没来这里，恨不得——”她迟疑一下，又道，“哼，我是想说恨不得你赶紧开车顺着公路走掉。给我们惹这么多麻烦，凭什么啊。”

“就是。”加勒特喃喃道。

莫非我弄错了？拉格尔自问。

“解释一下收音机的事吧。”他出声说道。

“有什么好解释的。”凯塞尔曼太太说，“它就是台普通的五管收音机，二战一结束就买了，在这儿摆了好几年了，我甚至不知道它还能不能用。”她现在似乎很生气，双手发抖，紧绷的脸疲惫而憔悴，“人人都有收音机，有的还拥有两三台。”

拉格尔将饭厅墙上的门一一打开，其中一扇门内却是个储物橱柜，装有搁板和置物篮。门锁里插着一把钥匙。他说：“我想在房子里转转。你们进这里去吧，这样我可以安心在屋里走动。”

“拜托——”凯塞尔曼太太张口却说不出话，眼睛直瞪着他。

“就几分钟。”他说。

两人交换一下眼神。凯塞尔曼太太做了个无可奈何的手势，母子俩一言不发地进了橱柜。拉格尔关上柜门，插上锁闩，把钥匙揣进口袋里。

这下，他放心多了。

黑狗蹲在食盘旁边，眼巴巴地望着他。它干吗盯着我？他心中纳闷，随后注意到狗粮已经吃完了，它是在讨食。凯塞尔曼太太放在长餐桌上的狗粮袋子仍在原处。他往食盘里添了几块狗饼干，狗又埋头吃起来。

壁橱里传出加勒特的声音，清晰可闻：“……认了吧——他就是个疯子。”

拉格尔辩解道：“我不是疯子。我是一点点构建出这个结论的，或者说，是一步步意识到这个事实的。”

凯塞尔曼太太隔着壁橱门劝他:“听我说,古姆先生。我们明白,你刚才说这番话,打心眼里就是这么想的。可是你瞧瞧自己都做了什么呀?因为你坚信大家都想害你,所以就逼得别人只能害你。”

“就比如我们俩。”加勒特说。

他们这席话信息量真大。拉格尔迟疑道:“我不能冒险。”

“你还真得找个人搭伴冒险,”凯塞尔曼太太说,“不然活不下去的。”

拉格尔回答:“我先在房里转转,再做决定。”

女人继续开导着,语气克制而文雅,“至少给家里人打个电话报平安吧,免得他们担心你。他们说不定已经急得不行了。”

“你真的应该让我们打个电话过去,”加勒特说,“以免他们报警之类的。”

拉格尔离开了饭厅。他先把客厅察看一遍,一切似乎全无异常。他究竟想找什么?又是这个老问题……只有看到了才知道。也许就连看到了也无法确定。

墙边有架小型立式钢琴,上方挂着一部电话,塑料线圈从亮粉色塑料机身垂下。书柜里立着电话簿。他伸手取了出来。

它和萨米在空地上找到的那本电话簿一模一样。他立即翻开。空白扉页上有铅笔、红色蜡笔、圆珠笔、钢笔记录的号码和姓名,以及地址、匆匆标注的日期、时间、事件……这是最新版电话簿,由这所房子里的居民使用。号码归属地位于沃尔纳特、谢尔曼、肯特菲尔德、德文郡等地。

而壁挂电话的本机号码，就属于肯特菲尔德地区。

线索连上了。

他拿起电话簿，大步穿过屋子，回到饭厅，然后掏出钥匙打开厨柜锁，“唰”一下将门掀开。

壁橱内空无一人。后墙上开了个干净利落的大洞，通向一间卧室，洞口边缘的木料和灰泥尚有余温。仅仅几分钟，他们已开出了一条通道。洞口旁的地板上散落着两个形似钻头的小尖锥，其中一个扭弯了，带有缺损和划痕。尺寸不对，太小了。而另一个大概还没来得及试用，正确规格的就已经找到了。他俩完成活计，就匆忙爬出去，忘了收拾两个钻具零件。

他把两枚钻头样的物品握在掌心，发觉自己一辈子从没见过这种东西。

他们一边动情晓理地劝说，一边在后墙上打洞。

这手段让人自愧不如。他对自己说，早不如放弃的好。

他在房子里粗略地逛了一圈。没有别人的迹象。夜风吹来，后门“砰砰”的开了又关。他们出去了，彻底离开了这座房子。他感觉到屋里的空寂，只有狗守着他。甚至连狗都不在。它现在形迹全无，也和他们一道走了。

他可以冲出去，到大路上。也许房子里某个地方放着手电筒，他可以带走，甚至还可能找到一件厚外套穿上。运气好的话，趁着凯塞尔曼母子俩带领帮手返回这段时间，就能逃出老远。他可以躲进树林，等到天亮，试着接近公路……试着沿路走到山脚，不管有多少英里。

这幅前景多么惨淡。他不免知难而退——他需要休息、睡觉，不再赶路。

或者——他也可以待在这座房子里，趁着所剩不多的这点时间，尽量充分地研究它。在被他们抓回去之前，尽可能多地了解真相。

如果必须二选一，他比较中意后一个打算。

他回到客厅。这一次，他打开所有抽屉和柜门，也查看普通家什，例如角落里的电视机。

电视机顶上有台录放机，套在桃花心木的外框里。他拨开开关，机器里插着的一卷磁带开始转动。片刻之后，电视机屏幕亮了起来。他反应过来，这卷磁带兼有音视频双重录放功能。他退后了些，站着观看屏幕。

电视上出现的是拉格尔・古姆，先是正视镜头，然后是侧视镜头。拉格尔・古姆沿着绿树成荫的住宅街道漫步，经过停靠的汽车与草坪。接着是他的全脸特写。

电视机扬声器里传出画外音："这就是拉格尔・古姆。"

屏幕上，拉格尔・古姆此刻正在某栋房屋后院里的躺椅上闲坐，身穿夏威夷风运动短衫短裤。

"接下来，你将听到一个音频片段，借此了解他的发言习惯。"画外音说道。紧接着，拉格尔就听到了自己的声音："……

比你先到家，我就做。”拉格尔·古姆说，“不然你也可以明天做。行吗？”

他们把我的经历弄得黑白分明。拉格尔想，或者说色彩分明。

他暂停播放。屏幕画面静止不动。然后他关掉开关，画面淡去，变为一个亮点，最后完全消失了。

怪不得人人都认识我。他们接受过培训。

下次我再臆断自己疯了的时候，就想想这台录放机、这个围绕“与我协同生活”主题展开的培训项目。

不知道这种磁带还有多少，插在多少个家庭的多少台录放机里。覆盖多大的地域面积？我曾路过的每一座房屋？每条街？甚或，每座城镇？

乃至……全球？

他听见引擎声远远地传来，连忙加快行动。

时间不多了。他意识到这点，便打开前门。噪声越来越响，下方的黑暗中，两束光芒闪过，又暂时归于熄灭。

可这到底是什么用意？他心生疑团，他们是谁？

事实真相究竟是怎样？我得亲眼看看……

他跑遍整座房屋，一样一样查看物件，一个房间接一个房间。家具、书籍、厨房里的食物、抽屉里的个人物品、壁橱里挂的衣服……哪一样包含的线索最有用？

到得后门廊，他停下脚步。已经到房屋尽头了。这里有台洗衣机，旁边挂钩上挂着拖把，另外有一包达西牌肥皂、一堆报纸杂志。

他将手伸向那堆报刊，抽出满满一大沓，放到脚边，随意翻开。

视线触及刊头日期，他不禁暂停了浏览，手拿报纸呆立原地。

1997 年 5 月 10 日。

距今近四十年的未来。

他双眼扫过各则标题。杂七杂八、鸡零狗碎的无聊小事：谋杀案、停车场债权融资、著名科学家逝世、阿根廷叛乱。

靠近底部这则标题则是：

金星矿藏纠纷

国际法院系统关于金星资产所有权的诉讼案……他飞快读完，然后丢下报纸，翻找杂志。

一本《时代》，1997 年 4 月 7 日刊。他把它卷起来，塞进裤兜里。还有好多本往期的《时代》。他完全被吸引住了，一本本打开，恨不得一下子把所有文章消化到肚子里，拼命想在脑中领悟什么，记住什么。时尚、路桥、绘画、医药、冰球——所有一切，未来世界在细腻的散文笔触中徐徐展开。对每个社会领域的简明概括，关于尚未来临的……

“已经”来临了。且存续至今。

这期杂志是新近发行的。现在确是1997年，而非1959年。

屋外公路上传来刹车声，他一个激灵，赶紧抓起余下的杂志，抱了满怀……然后过去打开后门，躲进外面的院子。

人声传来。院子里有人在行动，一道光束闪过。他怀中那摞杂志撞到门板，差不多全掉到了门廊上。他连忙蹲下去捡。

“他在那儿。”一个声音响起，光束随之朝他的方向闪动，晃得他眼花。他背过身去，捡起一本《时代》，封面看得他呆了。

这本《时代》于1996年1月14日发行，封面上印着他的肖像，彩色手绘，下方图注写道：

年度人物——拉格尔·古姆

他在门廊上坐下，翻开杂志，找到封面文章。大量配图，他幼时的照片、他父母的照片、他小学的照片。他疯狂地翻动书页。他的近照，刚参加完二战或别的什么战争……身穿军装，主动对着镜头微笑。

一个女人，他的第一任妻子。

然后是风景照集锦，工业厂房的塔楼与锐利尖顶，颇有城市化的味道。

手中杂志忽地被人一把夺走。他抬头看去，却惊觉自己被几人架起，离开门廊，那些人身上的土黄色工作服十分眼熟。

“当心大门。”其中一个说。

懵怔间他瞥见黑黢黢的树丛，几人踩上花坛，鞋底下的植物吱嘎断裂，手电光芒扫过院子外面的石头小径，射向马路。路上停着卡车，发动机轰响，车灯雪亮。橄榄绿的维修车，载重一吨半，也跟那土黄色工作服一样眼熟。

市政工程车、市政维养人员。

接着，其中一人把什么东西举到他眼前。是个塑料泡泡。对方用手指一捏，泡泡顿时爆裂，散出烟雾。

拉格尔·古姆被四个人架在中间，无法动弹，被迫吸入烟雾。一支手电透过赭黄色的烟雾向他脸上射来一道白光，他紧紧闭眼。

“别伤着他，”一个声音小声嘱咐，“仔细一点。”

身下金属的车厢底面又冷又湿，他觉得自己像是被装进了一辆冷链运输车。来自乡下的农产品正送往城里，准备搬进第二天的菜市场。

10

热情的朝阳照得整间卧室明晃晃的。他用手盖住眼睛，感觉头晕反胃。

“我去把帘子放下来。”一个声音说。他辨出声音的主人，顿时睁开眼睛。维克多·尼尔森正站在窗边，放下百叶窗。

“我又回来了！”拉格尔叹道，“哪儿也没去成，没走出哪怕一步。”他记得自己曾亡命狂奔，连滚带爬上了山，穿过灌木丛。“我上了山，”他说，“很高，快到山顶了，结果还是被他们弄了回来。”是谁？他很疑惑，又大声发问，“谁把我带回来的？”

维克说：“一个出租车司机，是个粗莽大汉，体重准有三百磅。他直接把你扛进前门，放到了沙发上。”片刻之后，他又补充道，“还要了十一美元，看看这钱是你出还是我出？”

“他们在哪儿找到我的？”

“一家酒吧。”维克说。

“哪家？”

“从来没听说过的。在城郊边上，北面工业区外围，靠近铁路和货场那儿。”

“试试看，能不能记得起酒吧的名字。”拉格尔说。他感觉这则信息很重要，虽然并不明了缘由。

“可以去问问玛戈，”维克说，“她很晚都没睡，我俩都没睡。稍等。”他离开房间。过了一会儿，玛戈便出现在拉格尔床尾。

“那家店名叫‘弗兰克烧烤酒吧’。”她告诉他。

“谢谢。”拉格尔说。

“现在感觉如何？”她问。

“好些了。”

“要不要给你做一点清淡的东西吃？”

“不用，”他说，“谢谢。”

维克拉回话题：“昨晚你真的人事不省，却不是酒醉的缘故。你的口袋里塞满了细薯条。”

“还有别的吗？”拉格尔说。应该还有别的东西，他记得自己往薯条里塞进了什么珍贵的物件，他极其想据为己有捎带回来的东西。

“就一张弗兰克烧烤酒吧的餐巾纸。”玛戈说，“还有一大把硬币。有二十五美分的，也有十美分的。”

“你可能想打电话来着。”维克说。

“应该是吧，”他说，“我觉得。”像是有台电话，有本电话簿。“我还记得一个名字，”他补充道，“杰克丹尼。”

维克说：“那是出租车司机的名字。”

“你怎么知道？”玛戈问他。

“拉格尔一直这样叫那个出租车司机。”维克说。

“还有——市政维修车？”拉格尔努力回忆。

“昨晚你倒是一点也没提起，”玛戈回答，“不过，你现在之所以想到它们，原因也很好理解。”

“怎么说？”他问。

她收起百叶窗。“太阳一出来他们就在外头忙活了，开工时还不到七点。大概是施工的噪声影响了你的潜意识，才让你想到他们。”

拉格尔撑起上身，望向窗外。街对面路沿上停着两辆橄榄绿的维修工程车，一群身穿土黄色工作服的市政工人正着手挖掘街面，电动杵锤的单调敲击听得人心烦气躁。他回想起，这声音确实在耳边萦绕挺久了。

“看样子他们还得忙活一阵。”维克说，“肯定是哪根管道破了。”

“每次他们来挖街面，都让我神经紧张。”玛戈说，“我总担心他们光顾着挖开，不填平就跑掉。”

“他们干这些还是专业的。”维克答道，挥手向玛戈和拉格尔告别，上班去了。

不多会儿，拉格尔·古姆摇摇晃晃地起床了。他穿衣洗漱完毕，刮完胡子，便溜达进厨房，给自己倒了杯番茄汁，又敲了颗溏心蛋，代替黄油涂在吐司上。

他坐到餐桌旁，啜了口玛戈留在炉子上的咖啡。毫无食欲。远远地依旧传来电动杵锤“砰砰砰”的捶打声。不知道还要闹腾多久，他心中默念。

他点了根烟，拿起晨报。它应该是维克或者玛戈拿进来的，特意放在餐椅上，好让他看见。

报纸的触感令他无比抗拒，仿佛多拿一秒也受不了。

他折起前几版，瞟了眼竞猜版面。页面顶端一如既往地刊登出了优胜者姓名。他的名字特别列在擂主框里，倍显荣耀。

“今天的谜题感觉怎么样？”隔壁房间里的玛戈问道。她穿着维克的纯棉白衬衫，配一条紧身七分裤，开始擦拭电视机。

“跟往期差不多。”他说。见到自己的名字出现在报纸版面上，令他很不舒服，躁郁难耐，晨起时的恶心感又回来了。“说来也怪，”他向姐姐倾诉，“看到自己的名字变成铅字，一下子真叫人抓狂。直击内心。”

“我从没见过自己的名字印成铅字，”她说，“除了在报道你的文章里提到过。”

是啊，他想道，报道我的文章。“我也算是个重磅人物。”他说着，放下报纸。

“噢，对啊。”玛戈表示同意。

“我有种感觉，”他说，“我的推算攸关全人类的性命。”

她直起身，停止擦拭。“瞎说什么呢？我可真看不出——”她转了话头，“再厉害也只是赢了个竞猜啊。”

他走进房间，摆开一溜统计图、分析图、表格、仪器。大约一小时后，他已全神贯注于当日解谜的程序之中。

中午时分，玛戈忽然敲响他紧闭的房门。“拉格尔，”她叫道，“能打断一下吗？不行的话就说不行。”

他开了门，很乐意透口气。

“茱茱·布莱克想跟你聊聊。”玛戈说，“她发誓只待一分钟。我跟她讲了你还没解完。”她招招手，茱茱·布莱克立即从客厅过来了。“盛装打扮啊。”玛戈打量着她，不免评论道。

“我打算去市里逛个街。”茱茱解释道。她穿了一套红色针织羊毛西装，配以长筒袜、高跟鞋，肩上搭一件高腰小外套；发式精致，化了浓妆，双眼黑如烟熏，睫毛长得可以登台唱戏。“关门，”她踏入拉格尔的房间对他说，“我有话要跟你讲。”

他关上门。

“听我说，”茱茱开口，“你还好吧？”

“挺好啊。”他回答。

“我知道你出了什么事。”她双手搭上他的肩膀，又骤然退开，痛恨得浑身发抖。“去他妈的！”她说，“我跟他讲了，要是他敢动你一根指头，我立马就离开他。”

“比尔吗？”他问。

“他脱不了干系。他雇了些私家侦探，跟踪监视你。”她怒火中烧，在房间里紧张地踱来踱去，“他们打你了，是吧？”

“没有，”他说，“我觉得没有。”

她沉思片刻，“也许他们只是想吓唬吓唬你。”

“我觉得这事儿跟你丈夫没关系。”拉格尔犹豫道，“你不用掺和进来。”

茱茱摇头说道：“我敢肯定是他。我看了他收到的电报。你失踪之后收到的——他生怕我看见，但被我一把夺了过来。我记得上面的话，一字不漏，是关于你的密报。”

拉格尔问：“上面怎么说的？”

她聚精会神一阵子，随后激动地讲述道：“上面写的是，‘失踪皮卡车已发现。古姆过了烧烤店。接下来由你行动。’”

“你确定？”他察觉她神色古怪，不免再次确认。

“当然。”她说，“他拿回去之前，我早已记下了。”

市政工程车。他寻思着，外头街道上，军绿色卡车仍在坚守岗位，工人们还在维修人行道。到现在为止，已经挖开了相当长的一段。

“比尔跟市政维养工人不直接接触吧？”他问，“维养派车也不归他管吧？”

“我不知道他在水厂负责什么，”茱茱说，“我也不在乎，拉格尔。听到了吗？我不在乎。我可是要洗心革面了。”她蓦地跑过来，双手抱住他，紧紧搂着，在他耳边大声说，“拉格尔，我已经下定决心了。这种事，这种非法报复的龌龊勾当，他休想再干！比尔跟我已经吹了。你瞧，”她扯下左手手套，将手在他面前挥了挥，“看到没？”

“啥？”他说。

“我的婚戒，我不戴了。”她重新戴上手套，“我来就是想告诉你这个，拉格尔。你还记得那天，你和我并肩躺在草坪上，你给我念了句诗，还说你爱我吗？”

“记得。”他答道。

“我不在乎玛戈会说什么，也不管其他人怎么说。”茱茱告诉他，“我约了律师，今天下午两点半见面。我想咨询一下跟比尔离婚的手续，然后下半辈子就能跟你在一起了，谁也无权干涉。要是他还敢用任何强硬的非法手段，我就要报警。”

她拿起手包，打开门准备回到客厅。

“你这就要走？”他问，惊觉一道旋风正在眼前轰然撤离，竟有些不知所措。

“我得去市里了。”说完，她扫视一番玄关，然后对着他的方向做了个激吻的动作，“今天晚些时候，得空我就给你打电话，”她朝他倾过身子低声道，“告诉你律师怎么说。”她猛地关上门，匆匆离去，他听见她鞋跟敲击着地板一路走远。之后，外面的汽车启动，她出发了。

“咋了？”厨房里的玛戈问。

“她心情不好，”他搪塞道，“跟比尔吵架呢。”

玛戈评论道：“如果说你是全人类命运攸关的人物，就应该能找个比她更好的。”

“你有没有跟比尔·布莱克提过我离家出走的消息？”他问。

“没有，”她说，“我告诉了他老婆。你走以后，她来过这里。我跟她讲，我很担心你去了哪儿，没心思听她闲扯。总之，我觉得她只是找个借口来见你，实际并不想跟我聊。”她用纸巾擦擦手，继续道，“她刚才的气色相当好。她漂亮是真漂亮，就是跟没长大似的，像那些和萨米一起玩的小姑娘。”

然而他对她所说的一切充耳不闻。他头很痛，恶心与迷惘的感觉比之前更甚。夜的回声……

窗外，市政维养工人拄着铁锹抽烟，似乎铁了心要赖在他家附近不走。

他们是来监视我的吗？拉格尔顿生疑窦。

他对这些人产生了一种强烈的生理性厌恶，近乎恐惧，而他也不知道为什么。他努力回想，回忆发生在自己身上的事。橄榄绿色卡车……狂奔、爬行，试图在沿路某处躲藏。他还找到了什么有价值的东西，却已然失却，抑或被夺走了……

11

第二天一早，茱茱·布莱克才给他打来电话。

“刚才在忙吗？”她问。

“我一直在忙。”拉格尔说。

茱茱开启话题：“噢，我跟律师谈过了，也就是汉普金先生。”她的语气暗示出她打算深入细节。“这事儿好麻烦啊！”她叹气道。

“跟我讲讲结果如何。”他说。他想赶紧回去继续解谜，可是照例又让她给缠住了，卷入她琐碎又矫情的麻烦之中。“他怎么说？”他问。毕竟还是得上点心，万一她诉诸法律途径，他可能会被传唤到庭。

“啊，拉格尔，”她却答道，“我好想见你啊。我想要你陪着我，在我身边。这事儿太费神了。”

“告诉我，他怎么说的。”

“他说一切都取决于比尔的感受。真是一团糟。什么时候才能见你呀？我很怕去你家，玛戈看我的眼神，这辈子从来没有人那么狠地瞪过我。她是觉得我图你的钱什么的吗？还是她天生就心理病态？”

“告诉我律师怎么说的。”

“我不喜欢在电话上跟你聊。你为什么不来我家坐坐？是因为玛戈会怀疑吗？你知道吗，拉格尔，自从下了决心之后，我感觉舒坦多了。和你在一起，我可以做自己，不会再被种种人为的疑虑束缚住。那是我生命中最重要的时刻，拉格尔，神圣又庄严，就像在教堂一样。今天早上醒来的时候，我觉得好像在教堂里醒来一样，四周都弥漫着那种神圣的气氛。我问自己，这气氛从何而来，很快就辨认出，是因为你。”然后她闭了口，等待他继续发挥。

“那民防培训课怎么样？”他说。

“怎么样？我觉得是好事啊。”

“你要去吗？”

“不啊，”她答道，“你想说什么呀？”

“我还以为是你的主意。”

“拉格尔，”她恼怒地说，“知道吗，有时候你就爱打哑谜，完全跟不上你的节奏。”

此时他才发觉自己弄错了。还有什么好做的，无非就是退出民防课那档子事。再怎么跟她解释也没用，三言两语道不清他的用意，更别提凯特尔拜因太太上门时他自以为是的想法。“我说，茱茱，”他开口道，“我非常非常想见你，就像你想见我一样，或许比你更想。但我首先得完成这个该死的解谜工作。”

“我知道，”她说，“你这副担子很重。”她话语中透着无奈，“那今晚可以吗？等你寄出字列之后？”

“我会找时间给你打电话的。”他说。但晚上她丈夫在家，所以也是白费工夫。“要不就过会儿吧。”他说，“今天下午晚些时候。我觉得今天完成字列的时间应该比较早。”到目前为止进展还算顺利。

“不行，”她说，“下午我不在家。今天中午我要跟一位老朋友吃饭，女性朋友。对不起，拉格尔。我有一肚子话想对你说，也有很多事想和你一起做，人生的前路还长呢。”她继续絮叨，他耐着性子听着。她终于说了再见，他挂掉电话，感觉很失落。

跟她沟通真费劲。

他转身正要回屋，电话又响了。

“要不要我去接？”隔壁房间里的玛戈喊道。

“不用，”他说，“应该是找我的。”他拿起听筒，期待听到茱恩的声音，然而另一头说话的却是个上了年纪的陌生女人，语气支支吾吾：

“请问——古姆先生在吗？”

“我就是。”他说。满心的失望令他不耐烦起来。

“啊，古姆先生。不知道您是否还记得民防课之约。我是凯特尔拜因太太。”

“记得的。”他准备撒谎。“你好，凯特尔拜因太太，”他横下心说道，“凯特尔拜因太太，很抱歉我得——”

她打断了他，“就今天下午。今天星期二。下午两点。”

“我来不了，”他说，“要做竞猜，实在抽不开身。换个时间吧。”

“啊，天哪，”她说，“可是，古姆先生，我提前把你要来的消息都告诉了学员，他们很期待听你讲二战的故事。我给他们每个人打了电话，大家的热情都很高。”

“很抱歉。”他说。

“那可要出大事了。”她说，显然受了沉重打击，“要不，你可以出现一下，不说话；或者也可以就在班上回答一些问题——我知道，这样他们就会满意的。你真觉得挤不出时间吗？可以让沃尔特开车过来接你，我保证下课后他能开车送你回家。培训课最长也就一个小时左右，所以全程最多不超过一小时十五分钟。”

“不必劳烦他来接，”拉格尔回答，“咱们就隔半个街区。”

“哦，对呀。”她说，“你就跟我们住同一条街上。那你肯定来得了的。拜托了，古姆先生——帮大姐一个忙。”

“好吧。”他应下来。也没什么大不了的。就一个小时左右。

“非常感谢你。”她的声音中满溢着释怀与感激，“真的真的感激不尽。”

挂断电话后，他立即开始推算字列。再过几个小时就得整理好答案寄出去。字列非寄不可的感觉，一如往常，稳稳盘踞在他心间。

两点，他登上那段朴素的倾斜台阶，来到凯特尔拜因家门廊上，按响门铃。

凯特尔拜因太太打开门说:“欢迎你，古姆先生。”

他视线越过她身旁，模模糊糊望见一群花枝招展的女士，还有几个身材较瘦的大约是男性。他们全都盯着他，他明白，学员们在起立欢迎嘉宾，现在可以开课了。即使这种场合也显示出我的重要，他意识到，可这丝毫不能给他带来满足。对他很重要的那一位不在。他在茱茱·布莱克心里，着实无足轻重。

凯特尔拜因太太领着他来到讲桌边，也就是之前他和沃尔特从地下室搬上来那张巨大的旧木桌。她为他搬来一把椅子，让他面朝全班落座。“这儿，”她指着椅子说，“您请坐这儿。”她特意为授课换上了正装。仿丝绸长袍的半身裙配衬衫，饰以荷叶边与蕾丝，让他觉得像要参加中学毕业典礼或音乐会。

“好的。”他说。

“学员提问之前，”她解释道，“我想还是先和他们聊聊民防的几个问题，把上次课的要点过一遍。”她拍拍他的手臂。“这是我们第一次邀请嘉宾参会。”她微笑着坐下，敲敲桌子示意全场安静。

黑压压的男女学员不再吵闹，窃窃私语立即止息。他们已在沃尔特布置的折叠椅前几排中就座，沃尔特本人则坐上了后边靠门的一把椅子。他身穿毛衣配休闲裤，系了领带，向拉格尔正式地点头致礼。

我该穿件外套的，拉格尔悔不当初。他随便套了件衬衫就溜达过来了，现在觉得很不自在。

“前一次课上，”凯特尔拜因太太说着，十指在面前的讲桌上交握，“有学员就我国防空力量提出问题：假如遭遇全面突袭，美国不可能拦截所有的敌方导弹。此言甚是。我们知道，全数击落导弹的可能性极低，必定会有一部分漏网之鱼。这是可怕的事实，我们必须面对，并采取相应措施。”

座中男女都不免面色阴沉下来，反应整齐划一，仿佛互为镜鉴。

“如果战争爆发，”凯特尔拜因太太说，“按最惨的情形来算，我们将面临毁天灭地的恶果。数千万人或死亡或重伤，城市化作废墟，覆满放射尘，庄稼饱受污染，未来世代的种质[1]遭受不可逆的损害。最坏的情况下，我们将遭遇地球上前所未见的大范围灾难。当前，政府划拨大量资金用于国防，似乎给国民带来不小的负担和压力，但与末日相比，也不过是九牛一毛。”

她说的都是真的，拉格尔心想。听她娓娓讲述，他脑海中

① 指遗传资源。

逐渐浮现出死亡与灾殃……黑暗的杂草在城市废墟间生长，腐蚀的金属与白骨散落在无边无际的灰烬平原。毫无生气，毫无声音……

紧接着，他体会到一种突如其来的剧烈危机感。现实，近在咫尺的危机，将他击溃。他全身心被它笼罩，不禁发出一声嘶哑的哀吟，险些从椅子上跳了起来。凯特尔拜因太太停止讲授，所有人的眼光齐刷刷向他看去。

一直在浪费时间搞什么报纸竞猜，他想，我怎能逃避现实到如此地步？

"你身体不舒服吗？"凯特尔拜因太太问。

"我——没事。"他说。

一名学员举起手。

"请说，F 太太。"凯特尔拜因太太准备接受提问。

"假如苏联单次大批量地发射导弹，那么相比于小规模的轮番轰炸而言，我方装载有热核弹头的反导导弹拦截率不是会更高吗？你上周说——"

"你讲得很有道理。"凯特尔拜因太太说，"而事实可能是这样：我们一股脑发射反导导弹，在战争刚开始几个小时就耗尽了储备，结果却发现敌方并未打算以类似于日军偷袭珍珠港这种单场大规模战役为单位，阶段性夺取胜利，反而计划使用氢弹开展某种消耗战，如有必要，交战时间可能长达数年。"

又一只手举起来。

“请讲，P小姐。”凯特尔拜因太太说。

一个模糊的身影站起，随之传来女性的声音：“可是，苏联经济能支持超长时间的进攻吗？二战期间，纳粹曾对伦敦发起全天候空袭，所造成的后果就是，每日损失的重型轰炸机超出其经济承受能力，不是吗？”

凯特尔拜因太太转头对着拉格尔说：“也许古姆先生可以回答这个问题。”

拉格尔一时没意识到自己被点了名，只是突然间看见她向自己点点头。“什么？”他说。

“请告诉大家，”她重复道，“纳粹空袭英格兰期间，重型轰炸机的实际损失数量。”

“我服役是在太平洋。”他说，“抱歉，我对欧洲战区完全不了解。”他记忆中没有关于欧洲战火的一丁点信息。大脑一片空白，只剩下危机迫在眉睫的紧张感。它驱走了脑海中的一切，清空了他的思想。我为什么坐在这里？他自问，我应该在——哪里？

与茱茱·布莱克一道，漫步乡村牧场……在炎热干旱的山坡上铺开毯子，午后阳光下，干草的味道在四周弥漫。不，不是那儿。那里也不复存在了吗？虚有其表的外形不具实质。太阳并未真正闪耀，白天其实一点也不暖和，反而很冷，灰蒙蒙的，悄声下着雨，下着雨，可恶的尘灰蒙上万物。寸草不生，只有些烧焦断裂的树桩，一洼洼受污染的水……

他陷入白日梦，追逐她穿过一片虚有其表的荒凉山坡。她枯瘦下去，最终消失。鲜活生命化作骨骼，白森森犹如硬脆的稻草人支架，摆成十字形状。颌开似笑。眼眸唯余空洞。整个世界都能一眼看透，他默默寻思，我在里面向外看，透过裂缝窥见——虚无。与虚无对视。

“据我了解，”凯特尔拜因太太开口，回答P小姐的疑问，“在德国，损失一位经验丰富的飞行员，比起损失一架飞机要惨重得多。飞机被击落了，还可以制造新的来替代，但训练一名飞行员却要花费好几个月时间。这就表明，在下一场战争，也就是第一次氢核战争中，我们将会迎来一桩变化：采用无人操控的导弹，以免有经验的飞行员迅速消耗殆尽。导弹不会单纯因为缺少人力操控就停止发射。只要有工厂存在，导弹就能源源不断地升空。”

她面前的讲桌上放着一张油印的纸。拉格尔明白，她在读上面的字。这是政府预先制订好的计划。

发言主体是政府，他暗自思忖，而不单单是一个想在社区发光发热的中年妇女。那些都是事实，而非某个个人的观点。

那是现实。

而且，他想，我正处于其中。

“接下来，我们要给各位看一些模型。”凯特尔拜因太太说，“都是我儿子沃尔特做的……给大家展示一下各种关键设施。”她向儿子示意，他便起身向她走来。

“我们国家要想挺过下一场战争，”沃尔特以他变声期的尖嗓子说道，“就必须学会新的生产方式。我们现今所熟悉的工厂形式，注定会从地表上抹除。因此，必须建立一个地下工业网络。”

他走进一间耳房，好一阵子没出来。所有学员都满怀期待，望着他身影消失的方向。他终于回来了，搬了一具大型模型，放上母亲的讲桌，摆在大家面前。

“这个模型展现的是预想中的未来工厂系统。”他说，“建于地下约一英里深处，可免遭敌袭。”

学员们纷纷起身观看。拉格尔侧过头，看见桌子上有座方方正正的建筑模型，塔楼与尖顶高耸，工业企业的标志性胜景。好眼熟啊，他想，还有，凯特尔拜因太太和沃尔特两人俯身讲解……这个场景也发生过，那是以前，在另一个地方。

他站起身，凑近了细看。

一页杂志上，有它的照片而非模型。照的是它的原型，模型仿制的蓝本。

这样的工厂果真存在吗？

见他兴趣浓厚，凯特尔拜因太太于是说：“这个模型很具有真实感，是吧，古姆先生？”

“是的。”他说。

“你以前见过这样的厂房吗？”

“见过。”他说。

“在哪里见到的？”凯特尔拜因太太问。

答案在舌尖打转，却总想不真切。

“你认为像这样的工厂会生产什么呢？”P 小姐问。

“你觉得呢，古姆先生？”凯特尔拜因太太转抛问题。

他说：“大概有——铝锭吧。”感觉这是正确答案。“基本上，任意一种基本矿物都行，或者金属、塑料、化纤。”他补充道。

“这个模型，我很得意的。”沃尔特说。

“不愧是你哦。”F 太太夸道。

拉格尔心中纳闷：我了解它的每寸每厘，每栋建筑，每间厅室。

我进过那里面，他告诉自己，而且是很多次。

上完民防课后，他没有回家，而是搭了辆公交车，坐到市区主商圈下车。

他随意逛了一阵。然后，他看见街对面有一处宽敞的停车场，旁边的建筑物上挂着招牌：**幸运币超市**。妥妥的大型综合超市，他想，除了远洋拖船以外什么都卖。他过了街，踏上停车场外围的一圈水泥矮墙。他张开双臂保持平衡，顺着墙头来到超市后面高高的钢板卸货平台。

四辆州际卡车已经倒车就位，对接好平台。系布围裙的男人们推来手推车，卸下一箱箱罐头、瓶装蛋黄酱、新鲜蔬果，一袋袋面粉、砂糖；而装箱体积较小的听装啤酒等货物，则用一道由无动力滚筒组成的斜面传送带直接从卡车滑进仓库。

一定很有意思。他想，将纸箱扔到传送带上，看着它们飞速滑向底部，穿过卸货平台，闯入空门。毫无疑问，门内有人把它们取走，堆叠起来。送货终端隐形的处理流程……看不见的收货人正在卖力工作。

他点燃一根烟，信步走过去。

卡车车轮有一人高，或者说，和他差不了多少。驾驶这种州际挂车一定让人极有力量感。他仔细研究着钉在第一辆车车厢门下方的车牌——由十个州颁发的十块牌照。穿过落基山脉、犹他盐滩，进入内华达沙漠……山间白雪皑皑，盐滩上热气蒸腾。飞虫如雨点撞上挡风玻璃。数以千计的汽车餐馆、汽车旅馆、加油站、广告牌。远处的山丘绵延不绝。路途单调，尘沙漫天。

可是云游令人满足。抵达下一站的感觉，物理地点改变，每晚换一座城镇。

艳遇。与路边咖啡馆某个单身女服务员一夜缠绵，某个渴望见识大城市灯红酒绿的漂亮姑娘，碧眼皓齿，秀发润泽，受质朴的乡土风貌滋养哺育。

而我已有自己的女服务员。茱茱·布莱克。一段见不得光的偷妻风流史，我自己的艳遇。在小楼小屋的促狭空间里，无数琐碎杂事忙得她晕头转向，脑中一片空白，私车停在厨房窗下，衣物晾晒在院子里，只顾着什么事该办，什么事要准备。

对我来说，那还不够吗？我还有什么不满意？

也许正因如此，我才会忧虑焚心。焦虑比尔·布莱克随时会握着手枪出现，撞见我与他老婆打情骂俏，赏我一颗枪子儿。或是在下午三四点逮我个正着，在衣物间、在草坪上、在商业街与她难解难分的时候。我的负疚感转变为……对穷途末路的臆想，我罪有应得，尽管那些越界行为只能算小打小闹。

至少，他想，精神科医生会这么说。凡为人妻妇者，只要读过哈里·斯塔克·沙利文、卡伦·霍尼、卡尔·门宁格等精神科医生的著作，就会如此宣称。又或许归咎于我对布莱克的敌意，认为焦虑是由受压抑的敌意转化而来，是我家庭问题向世界场景的投射与外化。至于沃尔特的模型，一定是反映了我对未来生活的渴望。它是未来建筑的模型，而我一看到它，就感到它无比亲切自然。

他走到超市正门前，经过电子眼，门立即为他敞开。他的目光穿过收银台向里望去，只见维克·尼尔森正在农副部的洋葱箱旁忙活，挑拣出劣等洋葱，扔进一个圆形锌桶里。

“嗨。”拉格尔说着向他走去。

“噢，嗨。”维克招呼道，继续分拣洋葱，“今天的谜题解完了？”

“嗯，”他说，“已经寄出去了。”

“今天感觉怎么样？”

“好些了。”拉格尔说。此时店里顾客稀少，于是他问：“能翘会儿班吗？”

“几分钟可以。”维克答道。

“咱们换个地儿聊聊。”拉格尔说。

维克解下围裙丢在锌桶旁，带着拉格尔走过收银台，告诉收银员，他再过十到十五分钟后回来。然后两人离开超市，穿过停车场，踏上人行道。

“美式简餐咖啡怎么样？”维克提议。

“好啊。”拉格尔说。他跟着维克出门来到街上，进入傍晚时分的车流。维克一如往常，毅然向两吨重的汽车争取道路通行权。“你这样没被撞过吗？”他问。一辆克莱斯勒贴着身边开过，尾气喷在他的小腿上，热乎乎的。

“还没。”维克揣着双手，说道。

两人进入咖啡馆。拉格尔看到一辆橄榄绿的市政工程车停在旁边一个车位上。

“怎么了？”见他停下脚步，维克问道。

拉格尔说：“瞧啊。”抬手指去。

“那儿怎么了？”维克问。

“我烦那些东西，”他说，“那些市政工程车。”八成就是在凯特尔拜因家门前挖街道的市政工人看到他进了她家。“咖啡就算了吧，”他转到正题，“去店里说。”

“都随你，”维克说，“反正我迟早也得回去。”两人重又穿过街道，他忽然问：“你对市政有什么不满意的？是因为比尔·布莱克吗？”

“可能吧。”他说。

“玛戈告诉我，昨天我上班后，茱茱去了咱家。盛装打扮，还谈到请律师的话题。”

拉格尔没有回答，径直走进超市。维克跟了上去。“去哪儿合适？”拉格尔问。

“这里头。”维克来到超市另一侧的酒水区，用钥匙打开旁边的封闭式收银台。拉格尔发现里面只有两张高脚凳，别无他物。两人进去后，维克关上门，一屁股坐在凳子上。“窗户关着，”他指着收银窗口说道，“别人听不到我们讲话。你想说什么？”

“跟茱恩没有关系。”拉格尔坐在凳子上，告诉对面的姐夫，“我要讲的不是什么不光彩的事儿。”

“那敢情好。”维克说，“反正我也没心情听那些。你变了，自从那晚出租车司机把你扛进门以后，就不一样了，虽然说不准具体是哪一点。昨晚我跟玛戈睡着前还聊了这事。”

“得出了什么结论？”

维克说：“你好像变温顺了。”

“我想是吧。”他答道。

“或者说，变冷静了。”

“不，”他否认，“并不冷静。”

“你没挨揍吧？在那家酒吧。”

“没有。”他说。

“杰克丹尼，也就是出租车司机，把你丢在沙发上时，我首先想到的就是这个，但你身上没有任何伤痕。假如真被打了，你自己肯定知道。你能感觉到，能看得出。几年前我被人揍过一次，好几个月之后才走出来。伤痛会持续很久。”

拉格尔说：“但我知道，我差一点逃掉了。”

“逃离谁？”

“逃离这里，逃离上面的人。”

维克扬起头。

“我差一点就跨过了边界。我见到了事物的真实面目，而不是那种刻意布置给我们看的样子。可是紧接着我就被抓住了，现在又回到这里。我的记忆也被动了手脚，只模模糊糊觉得那段经历对我没有任何好处。但是——”

“但是什么？”维克问。他的视线穿过收银窗口，直直地盯着超市，盯着收银台、收银机和大门。

“我清楚地记得，我在弗兰克烧烤酒吧没有待上九个小时。我知道自己去过……记得那个地方的场景，但是当中有很长一段时间，我先是在别的地方，后来又上了山，在一座房子里，跟一些人做一些事。就是在那座房子里，我接触到了世界的本质。可是我记忆中的细节就到此为止，其余的死活记不起来了。今天有人给我看了一样东西的模型，我顿时想起，我在那座房子里看到过它的照片，就是同一个东西。然后市里派来了工程车——”

他忽地住了嘴。

之后，两人都没再说话。

终于，维克开口道："你确定你的选择性失忆，不只是因为害怕你跟茱茱的事被比尔·布莱克发现？"

"不，"他说，"两码事。"

"好。"维克应道。

"那些州际大型挂车准备返回了。"拉格尔说，"它们是跑超远长途的，对吧？比大多数其他类型的车辆都远。"

"没有商用喷气机、汽船或者大型火车跑得远，"维克答道，"但偶尔也要开几千英里。"

"够远了。"拉格尔说，"比我那天晚上走的路远多了。"

"那样就能出去吗？"

"我觉得能。"拉格尔说。

"那竞猜怎么办？"

"我也没主意。"

"不还是该继续参与吗？"

"是啊。"他说。

维克叹道："你遇到麻烦了！"

"是的。"他说，"我想再试一次。但是这次我知道，我没法直接走出城去。他们不会让我走出去的，每次都能找到由头赶我回来。"

"那你打算怎么办，蹲进一个大桶里，跟残次品一起打包，运回制造商那里去？"

拉格尔说:“我也想听听你的意见。你经常监督卡车装货卸货,而我,在今天之前从未留意过它们。”

“我只知道,货物都是从制造厂、加工厂、种植场直接用卡车运来的,但我不知道检查严不严,不了解开厢检查的次数,也不清楚封闭运输时间的长短。你可能会随车在某个中转站停一个月,也有可能一出城就被清出去。”

“你有认识的司机吗?”

维克想了想,最后说:“没有。我其实一个都不认识。虽然定期跟他们见面,但也只是知道名字而已。鲍勃、迈克、皮特、乔。”

“我想不出别的法子了。”拉格尔说。我要再试一次。他告诉自己,我要看看那座工厂,不是照片或者模型,而是真实的厂房,康德所谓的“物自体”[①]。“真遗憾,你对哲学不感兴趣。”他评价维克。

“我有时候也感兴趣,”维克说,“但现在没心情。你是说像事物本质之类的问题吗?有一天晚上,我在坐公交车回家的途中看穿了幻象,接触到了事物的实质。那辆车上的乘客都是立在座位上的稻草人,而公交车本身——”他双手一挥,“也只是个空壳,就几根立杆,外加我的座位和驾驶座。但司机是真人,真的在开车载我回家。可乘客就我一个。”

拉格尔伸手探进衣袋,掏出随身携带的小金属匣,打开递

① 指超越人类感知和经验的现实世界中的事物本质,无法被直接认知。

给维克。

“这是啥？”维克问。

“现实。”拉格尔答道，“我予你真实。”

维克拿出一张纸条细看。“这上面写着‘饮水机’，”他说，“什么意思？”

“从本质上讲，”拉格尔说，“言即是道。也许这些都是上帝的言语，神谕。‘太初有道。’但我理解不了。我只能理解自己见过的和体会过的。我觉得我们生活在一个跟表象不同的世界里，而且有一段时间，我觉得自己清楚地知晓那个世界的样子。可是从那次起，这种感觉就消失了。从那天晚上开始。那或许是一种未来。”

维克递回纸条匣子，说道：“我也有东西想给你看看。”他指向收银窗口，拉格尔随之看去。“收银台那儿，”维克继续道，“穿黑毛衣那个壮壮的高个子姑娘，正打开钱箱的那个。”

“我以前见过她，”拉格尔说，“她美貌无双。”他注视着女孩用收银机给商品扫码。她工作时脸上洋溢着微笑，愉快的笑容无比灿烂，光滑洁白的牙齿更加添彩。“记得有一次你还给她介绍过我。”

维克忽然严肃起来，“正经八百的，有件事我想问你。你听了可能会不舒服，但我是真心实意这么考虑的。你会不会觉得，要解决个人问题，她会是最好的努力方向呢？丽兹很聪明——至少比茱茱·布莱克能干。她相貌挺不错啊，而且也没结婚。

你又有钱又有名气，她准会对你有意思的。其他的主要看你。约她出去几次，然后咱们再合计合计。"

"我觉得没什么用。"拉格尔说。

"你是真瞧不上这种硬凑的，是吗？"

"这种事，"他答道，"我一向瞧不上。"

"好吧。"维克说，"既然你这么坚决，那就这样吧。你打算怎么行动，要抢一辆卡车吗？"

"能行吗？"

"咱俩一起试试。"

"你确定要入伙？"拉格尔问。

"行啊，"维克说，"我挺想看看。没错，我愿意去外面看看。"

"那先教教我，"拉格尔继续道，"用什么办法能搞到一辆卡车。这是你的店，我全听你的。"

五时，比尔·布莱克听见市政工程车停在办公室窗外的停车场上。与此同时，内部通信器响了起来，秘书报告说：

"内罗尼先生找您，布莱克先生。"

"我正想和他谈谈。"说完，他打开了办公室门。片刻过后，一位身材壮硕的黑发男子出现，依旧穿着土黄色工作服和工装鞋。"进来，"布莱克指示道，"告诉我今天发生了什么。"

"我做了些笔记，"内罗尼说着，把一卷磁带放到桌上，"以便长期备份。另外也有相关的录影胶片，但还在处理中。据通信小组反馈，十点左右，他接到您妻子的电话，通话内容没什么异常，只是他显然以为对方是要约他一起上民防课。您妻子告诉他说自己有约了，要去市里见一位女性朋友。下一通电话来自负责民防课那位女士，提醒他已经下午两点了。就是凯特尔拜因太太。”

“不对，”布莱克说，“是凯塞尔曼太太。”

“一位中年妇女，有个十几岁的儿子。”

“没错。”布莱克说。他记起几年前曾和凯塞尔曼母子见面，当时整个旧城项目正在筹划阶段，而凯塞尔曼太太最近也来过自己家，带着民防剪报夹等资料。“他去上民防课了？”

“是啊。他前脚寄出竞猜字列，后脚就去了她家。”

布莱克从未收到过有关民防课的报告，也不知道它的目的是什么。而凯塞尔曼母子也并没有接到他所在部门任何人的指示。

“民防课是统一组织的吗？”布莱克问。

“据我了解，没有这方面的安排。”内罗尼答道。

“不碍事。”他说，“那就是她自己开的课，对吧？”

“我觉得是。他按了门铃，然后是那位女士亲自开门。”说到这里，内罗尼皱起眉头，“你确定我们说的是同一个人？凯塞尔拜因太太？”

“差不多吧。”他心中无比焦躁。拉格尔·古姆近些天的行为叫他每时每刻如坐针毡。好不容易稳下来的日常局面实则颤颤巍巍，他感觉拉格尔并不会再回来。

如今我们知道，他拥有了逃跑的机会。布莱克心想，哪怕所有预案做足，还是有可能失去他。他也许会逐渐恢复认知，制订计划并着手实施。待我们后知后觉时，箭已离弦，或至少已弓满弦张。

下一次我们多半就找不着他了。就算下次运气好，以后也很难说。他终将离去。

躲进衣橱深处并不能救我自己。布莱克自言自语，钻到衣服底下，藏在暗处不让人看见……也起不到任何作用。

12

玛戈抵达停车场时,竟没有见到丈夫的踪影。她让大众甲壳虫熄了火,坐了一会儿,紧盯着超市玻璃门。

平日里他一到这时就准备好要走了呀,她自言自语。

她下了车,款款走过停车场,向超市走去。

"玛戈!"维克叫道,从超市后面的卸货区出来。见他步履匆匆,脸上神情紧张,她意识到,有情况发生了。

"你没事吧?"她问,"你不是没答应星期天上班吗?"两人已经为这事争吵多年了。

维克一把抓住她的胳膊,把她拉回车旁。"我今天不坐你的车回家。"他打开车门,推她进去,然后跟着上了车,关门摇起车窗。

超市后面的卸货区里,一辆大型两节挂车起步,朝大众甲壳虫的方向驶来。那巨无霸想从我们旁边过去吗？玛戈心里打鼓。只要被它前保险杠碰一下，这辆小车连带着我俩都非得灰飞烟灭不可。

“他在干吗？”她问维克，“我觉得这司机不太会开车的样子。而且卡车不应该走这个出口，对吧？记得你告诉过我——”

维克打断她说：“你听我讲，开车的人是拉格尔。”

她瞪了他好一阵，然后抬头望向卡车驾驶室，拉格尔向她招手，手掌轻轻一挥。“你什么意思，不打算坐我的车回家？”她气恼道，“你是说，要把那个大家伙开到家里去停着？”她脑海中想象着挂车停在私家车道上的情景，仿佛在向邻居们广而告之，她丈夫在食杂店工作。“听着，”她宣布，“我可不会让你坐货车回家，我说到做到。”

“我没打算坐卡车回家。”他否认道，“我跟你弟弟要出趟远门。”他抱着她深情一吻，“不知道什么时候能回来，但你别担心。我有一两件事情想麻烦你——”

她打断了他，“你俩一起走？”她无法理解，又说：“告诉我到底是怎么回事。”

“我想让你帮个忙，”维克说，“主要是告诉比尔·布莱克，我和拉格尔正在店里忙活。其他的信息什么也别说。别让他知道我们走了，更不要告诉他我们是什么时候离开、怎么离开的。明白吗？不管布莱克家的人几点到咱家去问拉格尔的行踪，都说你刚在店里跟他说过话，哪怕那时是凌晨两点。就说我找他帮我盘存，要应对一场突击审计。”

“能问你一件事吗？”她说，希望能得到哪怕一丁点儿信息，而他显然无意透露更多。“拉格尔被出租车司机扛进门那天晚上，他是不是和茱茱·布莱克在一起？”

“老天，哪有的事。”维克说。

“你是要把他带到一个比尔·布莱克找不到的地方，以免他被追杀吗？”

维克盯着她。“你完全想错了，亲爱的。”他再吻了她一下，捏捏她，推开车门。“替我们跟萨米道别。”他转身朝卡车喊了一声“什么”，然后又靠上大众甲壳虫的车座，继续道，“拉格尔让你告诉报社的洛厄里，说他发现了一项奖金更高的竞猜。”他冲她展颜一笑，便大步走向卡车，绕到另外一边。她听见他爬进驾驶室坐在她弟弟旁边，随后，两人的脸并排出现在她眼前。

“再见！”上方的拉格尔朝她喊道。他和维克都挥舞着手。卡车隆隆咆哮，“突突突”地从烟筒里喷出黑色废气，驶出停车场，上了街道。轿车纷纷减速让行。卡车表演了一幕笨拙又费劲的右转，终于消失在超市之外。它加速离去时发出低沉的震动声，久久萦绕在她耳畔。

他们疯了，她难过地想着。她心事重重，有意识地指挥自己把点火钥匙插回大众甲壳虫的锁孔，发动引擎。车尾响起的轰鸣终于挤走了卡车的余音。

维克这么做是要救拉格尔，她告诉自己，要带他去一个安全的地方。我知道茱茱咨询过律师了。他们俩打算结婚吗?但比尔可能不会跟她离婚。

要是茱茱·布莱克成我弟妹,那该是多么可怕的事啊。

她这么想着,慢慢开车回家。

卡车汇入傍晚的车流,维克忽然对小舅子说:"你有没有觉得,这些大型挂车开出城外一英里就消失了?"

拉格尔答道:"食物全得从外面送进来,就跟经营动物园的做法一样。"基本上一样,他在心里纠正,"我觉得那些给一箱箱泡菜、鲜虾、纸巾卸货的人,维持着我们和真实世界之间的联系。怎么想也是这个理。咱们接下来还能做什么?"

"希望他在后头不会被憋死。"维克说。他指的是司机。之前,两人耐心等到其他卡车一一开走,剩下最后这辆,眼看司机泰德推了一个手推车进去,趁他在里头码空纸箱的时候,两人合力关上厚重的金属车厢门,插上门闩。然后,他们花了大概一分钟爬进驾驶室,开始给柴油发动机预热。两人如此行动的途中,玛戈正巧开着大众甲壳虫抵达。

"只要不是冷藏车就不会。"拉格尔应道。他们等前面的卡车先走的时候,维克自己就那么说过。

"你不觉得把他留在店里更好吗?没有人会去检查后面的储藏室。"

拉格尔说:"我有种直觉,那样他很快就能逃出去。别问我为什么。”

维克没有问为什么，眼睛一直盯着道路前方。他们已经离开了市中心商业区，车流变得稀少。商铺让位于住宅区，单层的现代小平房，耸立着高高的电视天线，晾衣绳上挂着衣物，红木栅栏挺拔矗立，私家车道上停着汽车。

“不知道他们会在哪里堵截我们。”拉格尔说。

“也许不会追来吧。”

“铁定会的。”他说，“不过到那时候，咱们没准儿已经出去了。”

过了半晌，维克开口道：“想一想，假如这次计划失败，你我都将面临绑架这种重罪的指控，我不能再从事农产品贸易，你也可能会被要求退出《小绿人接下来在哪里？》竞猜。”

房舍逐渐稀疏。挂车行驶过加油站、廉价咖啡店、冰激凌摊、汽车旅馆。一长串冷冷清清的汽车旅馆……仿佛我们已驰骋了上千英里，刚刚进入一座陌生的城镇。拉格尔想，在自己所居住城市边缘的一排加油站——低档加油站，以及汽车旅馆，没有什么景象及得上它们这般疏远、萧索、淡漠。你难以认可它，同时又必须将它接纳，不只是一晚，而是在你有意居留于城中的所有时日。

但我们再也不愿意住这里了。我们要远走高飞，永不返回。

我以前来过这么远的地方吗？他自问。此时，他们已行至一片开阔的原野。驶过最后一个路口，道路变窄，统一规划在市区外的几类行业都位于这条辅路两侧。铁轨……他注意到，轨道上停着一列货运火车，长得一眼望不到头。工厂高耸的塔顶上悬挂着化学品桶。

“郊外风景独好，”维克说，“特别是在太阳落山的时候。”

现在，车流的主体变为了卡车，几乎见不到轿车。

“这儿就是你来过的烧烤店。”维克说。

拉格尔向右看去，看见招牌“弗兰克烧烤酒吧”。装潢足够前卫，当然也很干净。院子里停着新车。卡车隆隆驶过，将店面甩到身后。

“嗯，这次你走得更远了。”维克说。

公路向前延伸，通往一连串的山丘。真高啊，拉格尔想，那晚我可能误打误撞往上跑，到了山顶，想从群山里走出去。我怎么可能有那么好的体力？

难怪没成功。

他们驾车继续前行。乡间换上了单调的景色，片片田野与起伏的山丘绵延不尽，平淡无趣，只不时点缀以高耸的广告牌。然后，山峦突兀地与平原相连，他们发觉挂车正驶下一条长长的直坡。

“这可真叫人冒冷汗，”拉格尔说，“开重型挂车过超长下坡。”他已经换到低挡，足以稳住卡车的速度。至少车上没有载货。就他有限的经验而言，车辆体积并没有大到无法驾驭，而他已经趁发动机预热的期间学会了变速箱的操作。“好歹咱们的喇叭响得能吵翻天。”他告诉维克，然后试探着按了两声，差点把两人震得跳起来。

坡道尽头，一张黄底黑字的官方标示牌吸引了他们的注意。他们依稀辨出前方有几座紧挨着的车棚或者临时建筑，透出几分秉公执法的严肃。

“来了。”维克说，“你担心的就是这个吧。”

几辆卡车已经在车棚里排起了队。他们越开越近，此时已能看到身穿制服的人员。公路另一侧，一张横幅在晚风中瑟瑟抖动。

州际公路农业检疫站

卡车一律靠右过磅

“就是要查我们啊。”维克说，“过磅。他们要检查超载情况，检疫的话，还得打开车厢。”他看一眼拉格尔，“要不要先停下来想想泰德的事怎么解决？”

现在太迟了。拉格尔意识到，州际检疫员会检查车辆及车内人员，不管接下来做什么都会被看在眼里。第一座车棚里停有两辆黑色的警车，随时可以上路紧急执勤。我们也不可能逃得过警察的追捕。他认清了现实，别无他法，只能到前面去过磅了。

他们减速停车，一位检疫员懒洋洋走了过来。他身穿浅蓝色衬衫，下身的深蓝西裤熨得笔挺，徽章大檐帽佩戴整齐。他连看都不看一眼，就挥手放行。

“其实不用停车，”拉格尔恍然大悟，兴奋地说道，“都是做戏！”他挥手回应检疫员，维克也依葫芦画瓢。那人随即背过身去。“他们根本不拦这种大货车——只查客车。我们出来了。”

车棚和标示牌落到后面，消失在视野中。他们出城了，已经如愿了。换了任何一种车都不可能通行，只有真正的货运车辆整天往返于此地……拉格尔从后视镜里看到检疫员挥手示意另外三辆卡车通过。车棚里停成一排的卡车都是模型，和其他设备一样。

“没有一辆，”他感叹，“没有一辆卡车需要停下来检查！”

“你说得对，”维克回应着，仰靠在座位上，“我想，假如我们企图开那辆甲壳虫过去，他们一定会通知说车里的内饰染上了某种顽固性虫害，日本金龟子什么的……必须开车回城喷药，再申请复检，有效期一个月，且随时可以撤回。”

行驶在路上，拉格尔留意到，路况发生了变化。自从出检查站之后，道路就变为泾渭分明的两条，各五车道宽，笔直平坦，且不再是水泥路面。他认不出此刻下方的路面是什么材料。

这便是城外，他对自己说，通往外部世界的公路，他们千方百计不让我们看到，不让我们知晓。

前前后后，卡车络绎不绝，有的载着物资进城，有的空车离去，像他们一样。进出城市的道路上排成蚂蚁搬家似的长龙，行进不息。没有一辆客车，只有柴油卡车轰隆隆作响。

同时，他意识到，路旁已不再有广告牌出现。

“最好把车灯开起来吧。”维克说。沉沉暮霭已披上原野山丘，对面车道驶来的一辆卡车亮着车灯。“咱们要遵纪守法，不管规定有多么离谱。”

拉格尔于是打开车灯。夜色尚浅，似乎寂寥又清静。远处有只禽鸟平展双翼巡行地表，之后栖在围栏上。

“油够不够？”拉格尔问。

维克凑到他跟前，看了看油量计。“只有半满。”他说，“坦白讲，我不知道这种挂车靠一个油箱能跑多远，也不知道有没有备用油箱。不载货的话，应该能开挺远的，但很大程度上取决于路面坡度情况。重型车辆爬坡特别费油。你应该见过有卡车爬到中间半道出岔子，只能靠十迈的时速慢慢摇。”

“咱们大概还是把泰德放出来比较好。”拉格尔提议。他突然想到，自己手里的钱可能一文不值。“我们还得加油、吃饭——但不知道要上哪儿买，甚至不知道买不买得到。他身上肯定有信用卡，以及当今通行的钱。”

“找找手套箱里面，”维克说着，抓出一把东西丢在腿上，“有信用卡、地图、餐券……就是没钱。咱们可以看看这些信用卡都有什么权限。通常来讲，最大的用处是——”停了一会儿，他又继续道，“进汽车旅馆，如果这外头有的话。你觉得接下来还会遇到什么？”

“我不知道。”拉格尔回答。夜色已掩没了周围的风景。城郊野外旷无人迹，没有路灯指引方向，只有平坦的土地一直延伸到天际，浓黑在那里逐渐减淡，过渡为墨蓝。星星已经出现。

“必须等明早吗？”维克说，“得开一整晚车？”

“也许吧。”拉格尔答道。卡车驶上弯道，前灯照亮了一段围栏，以及远处的灌木和矮树。我怎么感觉这个场景似曾相识，他想，现在又再次重温……

旁边的维克继续查看手套箱里找出来的各式纸张。“你瞅瞅，这是什么？”他拿起一根颜色鲜艳的细长纸条，拉格尔瞥了一眼，只见上面写着：

唯一幸福世界

两端各用荧光黄油墨印了一条盘成S形的蛇。

“后面有背胶，”维克说，“肯定是贴保险杠的。”

“就像‘每天一杯奶’那种。”拉格尔说。

维克却没接茬，随后又低声道：“我来掌方向盘。这东西我想给你仔细看看。”他扶住方向盘，把保险杠贴纸递给拉格尔。“瞧底下，铅印的。”

拉格尔把贴纸举到顶灯下，读出那行小字：

依照联邦法律规定，此标语须时时张贴。

他把贴纸递还给维克，说：“我们接下来还会遇到很多无法理解的事情。”而贴纸也令他感到不安。强制要求……必须贴在保险杠上，否则后果自负。

维克说：“还有很多。”他从手套箱里拿起一沓贴纸，有十到十一张，全部一模一样，“他肯定每次上路都要贴，可能进城的时候就撕掉。”

下一段公路空旷沉寂，一辆车也见不到。拉格尔右打方向，把卡车开到石子路肩上，熄了火，拉上手刹。“我绕到后面去看看他在车厢里闷不闷。”他告诉维克，同时打开驾驶室的门，“再问问他贴纸怎么回事。”

维克紧张地挪到驾驶座上，“我怀疑他不会给你真实答案。”

拉格尔小心翼翼，在黑暗中摸索行走，沿着卡车车身往后，经过巨大的车轮，来到车尾。他顺着铁梯爬上去，敲敲车厢门。“泰德，”他叫道，“是这名儿吗？你没事吧？”

车厢内传来一个含糊不清的声音：“哎，我没事，古姆先生。”

即使在这里，拉格尔想，停在荒郊野外的路肩上，前不挨村后不着店，还是有人把我认出来了。

“听着，古姆先生，”司机嘴贴着门缝说道，“你完全不清楚外面的情况，是吧？一点也不了解。让我告诉你：你从这里出去，绝对只能引发灾难——你自己的灾难，也是其他所有人的灾难。你一定要相信我的话，我讲的句句属实。以后你再回过头来看，就知道我是对的，你会感谢我的。给。”一张白色方形小纸片从门缝里滑出来，冉冉飘落。拉格尔伸手抓住。一张卡片，背面是司机手写的电话号码。

“这是干吗用的？”拉格尔问。

司机解释道：“等你到了下一个镇子，把车停在路边，给这个号码打电话。”

“下一个镇子还有多远？”

司机迟疑片刻，然后说：“我不确定。现在应该很近了。关在后面估算不了里程。”

“里头闷不闷？”

“不。”司机的声音有气无力，但情绪却颇为高涨，“古姆先生，”他恳求道，语调和先前一样急切，“你千万要相信我。不管你把我关在这里头多久，我都不记恨，你一定要在一两个小时内和外边的人接上头。”

“为什么？”拉格尔说。

“我不能透露。要我说啊，你们既然出手劫车，显然是该想的都想明白了，肯定知道个八九不离十了吧。既然这样，就应该能想得到，在那里劳师动众修一大批房屋、街道，安置古董旧车，是一场重要部署，不是谁脑子发热下的命令。”

接着讲啊，拉格尔心说。

“你连两节挂车都不会开，”司机继续道，“假设遇到陡坡怎么办？这个笨家伙载重可达四千五百磅。当然，它现在是空的，但也保不齐你会在路上撞到什么。有几座铁路栈桥，这东西根本过不去。它高宽多少，你多半也完全没有概念。而且，像换慢挡之类的操作你也不会。”他不作声了。

“保险杠贴纸是干吗的？”拉格尔说，“一句口号两条蛇。”

“老天爷啊！”司机仰天怒吼。

“必须贴吗？”

司机骂了他一大通，最后终于回到正题：“听着，古姆先生——要是没贴对，你就会被一炮轰到天上去。老天爷，帮帮忙，我说的都是实话。”

“那要怎么贴？”他说。

“放我出去，我贴给你看。我不会口头教你的。”男人提高了嗓门，几乎歇斯底里，“你最好马上就放我出去贴，不然的话，上天做证，被第一辆坦克发现你们就得完蛋。”

坦克。拉格尔咂摸着这个词语，内心惊骇莫名。

他跳到地上，走回驾驶室，对维克说：“我觉得还是得放他出来。”

“我听到他的话了。”维克答道，“什么乱七八糟的，我恨不得立马就撵他走。”

“他可能是在拖延我们。”拉格尔说。

“最好还是不要冒险。”

拉格尔回到车尾，攀上梯子，拉开门闩。车厢门立即向外甩开，仍然怒气冲冲、骂骂咧咧的司机摔倒在石子路面上。

“贴纸给你。”拉格尔对他说着，把东西递过去，“我们还需要学什么吗？”

“什么都得从头学。”司机挖苦道。他蹲下身，扯掉贴纸背面的透明离型纸，把贴纸粘在后保险杠上，然后用拳头把它碾平。“你们打算怎么加油？”

“信用卡啊。”拉格尔说。

“笑死人了。”司机讥讽道，站起身来，“那张信用卡只在——”他忽然语塞，顿了一下又说，“在城里能用。它是假的，是以前标准石油公司的普通信用卡，二十年前就作废了。”他眼神锐利地盯着拉格尔，继续道，“现在都是配给制，卡车烧的煤油——”

“煤油，”拉格尔重复道，“我还以为是用柴油。”

“不是。”司机极不情愿地说着，往石子路面吐了口唾沫，“不是柴油。那烟筒也是假的。这车是涡轮发动机，使用煤油，而且根本就没人会卖油给你们。只要去了外面，人们马上就会发现你们不太对劲。出城的话——”他的声音再次变得尖厉起来，“你们不能冒险！千万别去冒险！”

“你要坐前面搭车，还是待后面？”拉格尔说，“都随你便。”他只想开上卡车继续走。

司机骂了句“搭你个鬼”，便转过身，踏上石子路肩，双手插在衣兜里，缩肩探颈往前走。

拉格尔望着司机的身影消失在黑暗中，心中默默想道，这步走错了，不该打开车厢。但我已无计可施，总不能追上去敲他的头。要是真打起来，他能把我撕碎。我们俩都得给撕碎。

无论如何，这不是我们探寻的答案。

他返回驾驶室，告诉维克："他跑了。我觉得咱们还算走运，他没有挥着卸胎棒从车厢里跳出来。"

"咱们还是赶紧上路吧。"维克说着，挪向旁边座位，"需要我开车吗？我能开。保险杠贴纸他贴了没？"

"贴了。"拉格尔答道。

"不知道再过多久能把我们的消息带给上头。"

拉格尔说："反正早晚都得放他下车。"

接下来的一个小时里，路旁都没有人类居住或活动的迹象。当卡车驶出一条下坡急弯道后，前方远处的路面上却突然闪耀起一簇蓝幽幽的明亮灯光。

"前面有情况，"维克说，"闹不清要怎么办才好。要是我们减速或者停车——"

"必须得停车。"拉格尔打断道。他已经看清停在前方路面上的物体，是汽车或者别的什么交通工具。

卡车逐渐减速，前面冒出来一拨人，挥舞着手电。其中一个大步走到驾驶室窗前喊道："发动机熄火，车灯别关，人下来。"

别无选择。拉格尔打开门下了车，维克紧随其后。持手电的人身穿制服，但天色太黑，拉格尔分辨不出所属组织。那人的头盔也涂了哑光漆。他用手电照向拉格尔的脸，然后是维克的脸，最后说：

“把车厢打开。”

拉格尔照做了。那人带着两个同伴跳进卡车，搜查一番，然后又出现在车厢门口，跳到地上。

“好了。”其中一个说着，递了样东西给拉格尔，一张纸。拉格尔接过来，发现是某种打孔表格。“你们可以通行了。”

“谢谢。”说完，拉格尔木木然和维克回到车头，爬上车，启动马达，绝尘而去。

维克随即开口：“看看他刚才给了你什么。”

拉格尔左手握紧方向盘，右手伸进口袋里摸出表格。

区界 31 检查站通行许可

4/3/98

“这儿，有你要的日子。”拉格尔说。1998 年 4 月 3 日。表格自存联有一溜 IBM 式手打圆孔。

“他们好像挺满意咱的。”维克说，“不管他们在搜什么，反正我们没有。”

“他们穿的是军服。”

“对，他们外表像是军人，其中一个还有枪，但我没看出什么有价值的信息。外面肯定在打仗之类的。”

或者是军事独裁专制，拉格尔暗忖。

“他们有没有检查保险杠上的贴纸？”维克说，“我太激动了，没有注意。”

“我也是。”拉格尔说。

过了不久，他看见前方似乎有座城镇。各色光芒整齐成行，也许是路灯或闪动文字的霓虹招牌……司机给的卡片就揣在他外套的某个地方。就是让我们在这里打电话吧，他心下认定。

“出城检查站顺利通过了，”维克说，“既然被人拿电筒直接照脸都没认出来，那我们应该能正大光明进馆子点盘烤饼吃。我下班以后还没吃饭哪。”他卷起袖子看看手表。“十点半了，”他继续道，“从两点到现在，我连一口东西都没吃过。”

“咱们到前面歇一下。”拉格尔说，“去镇上看能不能加油，要是加不了，就不开车了。”仪表盘显示油箱几乎见底，油量下降得出奇地快。不过行驶里程也相当长了，他们已经在路上连续开了好几小时。

镇子外围的房屋从眼前掠过，他恍然觉得缺了什么东西。

加油站。通常，镇口公路两旁都会有好几家加油站并排矗立，哪怕在微不足道的小镇边缘，那也是最打眼的风景线。而这里却没有。

“看样子不妙。”他说。他们没见到任何车辆。既没车，也没有加油站——或者，按当今世界的说法，可能是叫煤油站。他猛然减速，驾着卡车拐上一条支路，把车停在路边。

“同意。”维克表示支持，“最好还是用腿脚探路，咱们对这镇子了解不多,开这玩意儿不稳妥。”

他们小心翼翼地下车,并肩而立,头顶路灯洒下昏暗的光芒。周围的建筑外观普通,都是方形小平房,夜色笼罩下的草坪漆黑一片。总的来说,拉格尔想道,房屋至今还沿袭着三十年代的模样,在晚上看去尤其如此。有一栋比较高,可能是复合单元楼。

“要是有人拦下我们,”维克说,“要求出示身份证明之类的,那可怎么办?咱俩现在最好先统一口径。”

拉格尔却拒绝了:“怎么统一啊?都还不知道他们要查什么。”司机的叮嘱仍在他心中盘桓。“走一步看一步吧。”他说着,抬脚向公路的方向走去。

迎面第一团灯光逐渐清晰,原是来自一家路边餐厅。店里,前台旁边有两个男孩在吃三明治。高中生年纪,金发碧眼。

他们的头发扎成冲天髻,高高的锥形发髻里插着锐利的彩色尖刺。两个男孩的服饰一模一样:身上是类似托加袍的鲜蓝色一片式长袍,脚蹬凉鞋,胳膊上戴着金属镯子。其中一个男孩扭头握杯喝水,拉格尔看到他脸上有文身,同时不无震惊地发现,他还锉尖了牙齿。

前台后面,中年女服务员身穿朴素的绿色上衣,发型梳成他们熟悉的款式。可那两个小鬼……他和维克隔着玻璃盯着二人看,终于招来了女服务员的注意。

“咱们还是继续往里走吧。”拉格尔说。

电子眼探测到他们接近，门开了。就跟超市一样，拉格尔想。

两个男孩望着他俩局促不安地坐进卡座。在他眼中，餐厅的装潢、设施、招牌和灯具似乎都很平常。许多餐食贴出了广告……但价格很是离谱。4.5、6.7、2.0，显然不是按美元计价。拉格尔左顾右盼，仿佛拿不定主意要吃什么。女服务员拿起了点餐单。

一个男孩朝维克和拉格尔点着头，冲天髻上下摆动。他出声道："两个领带佬怕怕。"

他的同伴笑了起来。

女服务员在卡座旁亭亭而立，说道："晚上好。"

"晚上好。"维克喃喃低语。

"请问两位要点什么？"女服务员问。

拉格尔说："有什么推荐吗？"

"啊，那要看您有多饿。"女服务员答道。

钱，拉格尔想，该死的钱。他开口："来一份火腿芝士三明治加咖啡可以吗？"

维克跟着道："我也是，再加个馅饼冰激凌球。"

"您说什么？"女服务员匆匆记录着，一边问道。

"馅饼配冰激凌。"维克说。

"哦。"她点头应着，回到前台。

一个男孩朗声说："俩领带佬，好多老古董样子。你们硬

(应)该——”他把双手拇指塞进耳朵里,他的同伴则在一旁窃笑。

三明治和咖啡端上桌来,女服务员走开了,一个男孩转过椅子对着他们。拉格尔注意到,他脸上的文身与镯子上的图案如出一辙。他凝视着那些错综复杂的线条,最后辨别出了人像。那图案照搬自雅典花瓶:雅典娜和猫头鹰,傲立于大地的女神像。

男孩劈头盖脸地冲着他和维克叫道:“嘿,你这深井兵。”

拉格尔后颈上不禁起了鸡皮疙瘩。他假装埋头大吃三明治;对面的维克也是同样的反应,满头大汗,脸色苍白。

“嘿。”男孩说。

女服务员骂道:“闭嘴,不然就给我出去!”

男孩对着她嚷一声“领带佬”,又把双手拇指塞进耳朵里。女服务员似乎没有特别留意。

受不了了,拉格尔想,我真忍不下去了。司机说得没错。他对维克说:“我们走吧。”

“好。”维克说完,便起身抓起三明治,弯腰饮尽咖啡,然后走向门口。

到哪儿都有人盯。拉格尔想,看来我们凶多吉少,脱不了身了。

“我们得走了。”他告诉女服务员,“馅饼不要了。多少钱?”他在外套口袋里摸索一番,却徒劳无获。

女服务员算好了账单。“十一元九。”她说。

拉格尔打开钱包，两个男孩和女服务员在一边默默旁观。见他持有的是纸钞，女服务员说:“啊，天哪，好些年没见过纸币了，应该也能行吧。”她向第一个男孩问道，“拉尔夫，政府还收兑这种旧时候的纸钞吗？”

男孩点点头。

“请稍等。”女服务员说着，重新计算账单。“那就是一元四，”她得出结果，“但我只能用代币给你找零，如果可以的话。”她满含歉意地从收银机里抓出一把塑料小圆片，他交出一张五美元钞票，她递过六枚塑料片，口中直称“谢谢惠顾”。

他和维克走出店外。女服务员拿过一本平装书坐下来，继续阅读压平的那页。

“太难缠了。”维克说。两人一路走着，各自吃完了剩下的三明治。“那俩小鬼，两个该死的浑小子。”

“神经病。”拉格尔默念着，他们认出我了吗？

来到街角，他和维克停了下来。“现在怎么办？”维克说，“总而言之，我们的钱可以用，他们的钱也有一些了。”他打着点烟器，细看一块圆片，继续道，“塑料做的，显然是为了代替金属原料。很轻。就像那种战时配给代币。”

是的。拉格尔想，战时配给代币，用某种质地不明的非铜合金铸成的硬币，这里讹称为呆币，其实就是代币。

“但是他们没停电，”他说，“灯一直亮着。”

“外面肯定不一样。”维克评论道，“电灯是在——”话到一半，他又转了话题，“给我弄蒙了。我记得经历过第二次世界大战，但是又不应该啊？这就是关键。二战发生在五十年前，那时我还没出生呢。我没有在三四十年代生活过，你也没有。我们脑子里的那些——肯定是他们灌输给我们的。”

“或者是从书报上看来的。”拉格尔说。

“咱们现在知道的也够多了吧？”维克说，“人也出来了，该见的也都见过了。”他打个冷战，“他们的牙锉得好尖。”

拉格尔推测：“他们讲的差不多是简化英语。”

“我猜也是。”

“他们身上有非洲部落的标志。衣服也像非洲的。”可是，他们盯着我看，其中一个还说，嘿，你这神经病。“他们知道我的病情，”他继续道，“却又无所谓。”不知怎的，这倒让他更觉不安了。旁观者。尖酸刻薄、冷嘲热讽的年轻面孔。

“他俩没参军，这倒挺叫人意外的。”维克说。

“长大些多半会。”在他看来，两个男孩的年龄还不够格，更像十六七岁的样子。

他和维克立在街角，空无一人的黑暗街道中间忽然回荡起脚步声。

两个人影逐渐接近。

“嘿，那个深井兵！”其中一个说。街口路灯下，两个男孩慢悠悠地走近，抱着胳膊，脸上罩着不近人情的冷漠。“别动，停停！”

13

左边的男孩伸手进长袍，取出一只皮套，在里头挑了支雪茄，用一把金色小剪刀铰下一段塞进嘴里。他的同伴以相同姿势拿出一个镶有宝石的打火机，为他点燃雪茄。

抽雪茄的男孩张口道："领带佬，你们持旧票票。服务小姐，她搞砸嘘嘘。"

这是在讲钱的事，拉格尔明白了。按理女服务员不会收下，是男孩们劝她收的。他们和卡车司机都知道美元要兑换代币。它不再是法定货币。

"那又怎样？"维克问，他也大体听懂了他们支离破碎的黑话。

拿着镶宝石打火机的男孩答道："大头头，他们给。不？不？那，"他伸出手，"大头头给，领带佬给多票票。"

“给他几个代币。”维克低声说。

拉格尔掏出六枚呆币，数了四枚，交到男孩摊开的掌心里。

男孩折腰致礼，冲天髻从人行道地面擦过。他的同伴直立在一旁，面无表情，没有插手这桩交易。

“俩领带佬要雾汲？”拿打火机的男孩不动声色地说道。

“领带佬眼仁瞅人行道。”拿打火机的男孩念叨着，和同伴互相点点头。此刻，两人的神情变得阴郁，似乎刚才询问的事情至关重要。“换换，”拿雪茄打火机的男孩又说，“对么，领带佬？换换。”他手背相对拍了拍，就像海豹似的。拉格尔和维克看得愣住了。

“当然。”维克回答。

两个男孩商量了一下。然后，左边那男孩抽了口雪茄，皱起眉头说：“旧票票给大把雾汲。来不来？”

“不行。”他的同伴立即介入，用手掌拍拍他胸口，“乖乖，不来没票票。换哪换，哪换换？领带佬自己换换。”他转身拔腿就走，伸长脖子，左右扭得格格响。

“等一下。”见另一个男孩也作势要走，拉格尔忙叫住他们，“再商量商量。”

两个男孩停下脚步，转头惊奇地看着他。

然后，抽雪茄那个又摊开手。“旧票票。”他说。

拉格尔掏出钱包。“一美元。”他说着，递给男孩一张钞票。男孩接了过去。“不少了。”

他俩再次商讨一番，之后，抽雪茄的男孩竖起两根手指。

“行。”拉格尔说，又问维克，“能添点儿吗？”

维克一边在口袋里掏，一边说：“你确定要跟他们混？”

如若不然，后果显而易见，那就是留在街角，人生地不熟，也不知道该干什么。“咱们碰碰运气吧。”他说着，接过钞票递给男孩，告诉他们：“现在，给我们大把雾汲。”

男孩们点点头，折腰行了个大幅度鞠躬礼，便大步走开了。他和维克犹豫一会儿，也跟了上去。

四人行过弥漫着潮气的曲折小巷，穿过草坪，走上私家车道。最后，男孩们带着两人越过栅栏，登上一段台阶，来到一扇门前。一个男孩抬手敲了敲，门开了。

“领带佬快进屋。”男孩低声说道，带着同伴挤进门缝。

房间里洒满忽明忽暗的棕色光芒。在拉格尔看来，这似乎是一栋相当简陋的普通公寓。透过一扇敞开的门，他望见了厨房，里面有水槽、饭桌、炉子、冰箱。另有两扇门紧紧关闭。房间里的几个男孩全坐在地板上，除了一盏灯、一张桌子、一台电视机、一堆书以外，别无其他家什。有的男孩身穿长袍搭凉鞋，挽个冲天髻，手上戴着镯子；也有的穿着单排扣西装，配白衬衫、菱纹袜、牛津鞋。所有人齐刷刷地盯着拉格尔和维克。

“这儿雾汲。”抽雪茄的男孩介绍道，“你们可过来坐坐坐。”他指了指地板。

“你说什么?”维克问。

拉格尔说:“不能把雾汲带走吗?”

“不行,”一个坐着的男孩回绝他,“坐房间里吸。”

抽雪茄的男孩打开一扇门,闪身进入隔壁房间。不一会儿他回来了,把手中的瓶子递给拉格尔。人人都目不转睛地盯着拉格尔接过瓶子。

瓶盖一拧开,他就认出来了。

维克嗅了嗅,说:“这是纯四氯化碳。”

“没错。”拉格尔确认。他这才意识到,旁边坐着的孩子们一直在吸食四氯化碳,也就是所谓的雾汲。

“吸呀。”一个男孩招呼道。

拉格尔吸了一些。他这辈子有好几次吸过一两口四氯化碳,但都没有持续上瘾。这东西除了引起头疼之外,对他起不到任何作用。他把瓶子递给维克,说道:“给。”

“不要,谢谢。”维克说。

一个穿西装的男孩尖着嗓子叫道:“领带佬好绅士!”

孩子们哄堂大笑。

“那个是女孩。”维克说,“那边那个。”

那些穿西装搭衬衫、牛津鞋配菱纹袜的是女孩。她们的头发剃得溜光,只是因为五官更秀气更小巧,拉格尔才认出了她们的性别。她们没化妆,不开口就完全雌雄莫辨。

拉格尔评价道:“吸吸不够劲雾汲。”

房间顿时鸦雀无声。

一个女孩说:“领带佬早晚吹《奇异果实》[1]。”

男孩们的脸色阴沉下来。最后,一个男孩起身走到房间一角,拿起一个细长布袋,褪开袋子取出里面的塑料管,管身上多个圆孔有序排列。他把塑料管一头塞进鼻子,手指按住音孔,随即吹奏出嗡嗡鸣响的曲调。这是支鼻笛。

“笛笛好听。”一个穿西装的女孩说。

男孩放下笛子,从衣袖里抽出彩色小布帕擦擦鼻子,然后大体向着拉格尔和维克的方向喊话:“当深井兵啥滋味?”

瞎学黑话弄巧成拙了,拉格尔想,那话得罪了他们。房间里的人都死死盯着拉格尔和维克,尤其是女孩子们。

“深井兵?”一个女孩细声念叨,又问男孩,“真的?”

“肯定啦。”男孩说,“领带佬深井兵。”他自鸣得意地笑着,面色却是一样的局促不安。“没错吧?”他追问。

拉格尔什么也没说。旁边的维克也没理会男孩。

“就你俩?”另一个男孩问,“还是有其他人一起?”

“就我俩。”拉格尔说。

他们目光灼灼地盯着他。

“是,”他终于说,“我承认。”与先前完全不同,这话倒似乎引得听众肃然起敬。“我们是神经病。”

孩子们谁也没有动,僵直地坐着。

---

① 一首著名的反种族歧视的爵士乐。

然后有个男孩笑起来。“原来领带佬真深井兵。接下来怎样？”他耸耸肩，也过去拿起了鼻笛。

“吹笛笛。”一个女孩答道。顿时，三支笛子嗡嗡嘤嘤响起来。

“咱们在这里纯属浪费时间。”维克说。

“对。”他表示同意，“还是走吧。”他起身开门，正当这时，一个男孩移开鼻孔里的笛子，叫了声：

“嘿，领带佬。”

他们停下脚步。

男孩说：“导弹部队抓你们。去门外就被捉住。”他继续吹起笛子，伙伴们则纷纷点头。

“知道导弹部队怎么对付深井兵？”一个女孩说，“打洗脑针。”

“那是什么？”维克问。

孩子们全都笑了，却没人回答他。嗡嗡的笛声仍在继续。

“领带佬脸白了！”一个笑得上气不接下气的男孩说道。

屋外楼梯上响起沉重的脚步声，震得地板微微抖动。笛声停止了。有人敲门。

我们在劫难逃了，拉格尔想。房门打开，屋里的人全都定住了一般。

“小兔崽子们。”沙哑的唠叨声传来。原是一个花白头发的老妇人前来察看房间，她裹了张皱巴巴的丝绸披巾，脚上靸着皮草拖鞋。“千叮咛万嘱咐，十点以后不准吹笛子。收起来收起来！”她半眯起眼睛怒视所有人，忽然间注意到拉格尔和维克。“啊，”她的语气饱含怀疑，“你们是谁？”

他们会告诉她，拉格尔想，然后她笨拙又慌慌忙忙地跑下台阶。然后坦克（或者导弹部队的其他座驾）抵达楼底。照现在算，司机泰德有充足的时间报信，女服务员也是，其他人也都一样。

不管怎么说，他想，我们已经出来了，也亲眼见到如今是1998年而非1959年，一场战争正在打响，现在的孩子衣着言行活像西非土著，姑娘们都剃头发穿男装。我们用的那版钞票已经在某个时刻退出了历史舞台，柴油卡车也是一样。然而，他想着，忽然悲从中来，我们并不了解这一切到底是怎么回事。为什么他们要建造旧城，在旧时街道上跑老式汽车，年复一年地糊弄我们……

“这两位先生是做什么的？”老妇人问道。

一时间没人搭腔，然后有个女孩坏笑着说：“来租房。”

“什么？”老妇人难以置信地说。

“是啊，”一个男孩接过话，“他们来这找房租，碰两鼻子灰。你门廊灯没开？”

“开什么开，”老妇人说着，掏出手帕擦擦额头，松弛皮肉的褶皱随着手到之处被暂时抹平，“我已经歇下了。”她又招呼拉格尔和维克，“我是麦克菲太太，这栋公寓的房东。你们想要什么样的房间？”

没等拉格尔想到怎么回答，维克已脱口而出：“都行，看你有什么样的。”他瞟了眼拉格尔，一副如释重负的样子。

“嗯哪，”她说着，步履蹒跚地回到门外，向楼梯走去，“两位先生可以跟我去瞧瞧。”她登上台阶，抓住栏杆扭头看两人。“来吧。”她气喘吁吁地喊道，费了这番力气，脸有些充血水肿，“我的房间漂亮极了。是要共住一间吗，你们俩？”她狐疑地打量二人一番，改口说，“还是先移步我办公室，聊一聊工作情况，然后——”她又开始一步步下楼，“再谈其他细节。”

到得台阶底部，她大喘着气嘟囔半天，终于找到了电灯开关。一只灯泡闪烁着亮起来，灯光洒上房屋外侧通向前门廊的小路。可以看到，门廊上有一把老式的藤条摇椅，即使从他们五十年代的眼光看来也很老土。有些东西真是万年不变，拉格尔想。

“就在这边，”麦克菲太太喊道，“可以吧？”她的身影消失在了屋内。拉格尔和维克跟随其后，走进一间昏暗的客厅。屋里充斥着衣物的气味，各种小摆件、椅子、灯具、墙上的裱框照片、地毯，以及壁炉架上的众多贺卡挤在一处，凌乱不堪。壁炉架上方悬着一条针织或编织的五彩横幅，上有两行大字：

唯一幸福世界

为全人类带来欢乐与福祉

“希望两位先告诉我，”麦克菲太太说着，坐进一张安乐椅，“你们是否有正式工作。”她前倾身子，从桌面拽过一个大账本放在腿上。

“有的，”拉格尔回答，“有正式工作。”

“哪个行业？”

维克补充道：“商超行业。我在一家超市负责农副部的经营。”

“啥部？”老妇人倒吸一口凉气，转过头留神倾听。某种黑黄双色的鸟在笼子里嘶哑地啼叫。“别吵吵，德怀特。”她说。

维克解释道：“蔬菜水果零售。”

“哪种蔬菜？”

“各种都有。”他略带恼怒地说。

“菜是哪儿来的呢？”

“卡车司机送货。”维克说。

“啊。”她含混不清地应道，又对拉格尔说，“我猜想，你是检验员吧。”

拉格尔未置可否。

“我信不过你们蔬菜商。”麦克菲太太说，“上周你们就有个人来附近推销——我觉得不是你，但也拿不准——那些菜模样倒挺漂亮，但是啊，老天，吃了会死的。它们上上下下都裹满了放辐，我一看就知道。当然，那个人跟我保证说绝对不是在表土上种的，都来自很深很深的地下农场，还给我看了标签，号称在地底一英里深。可我闻得到放辐的味道。”

拉格尔思绪活跃起来。放射性辐射。地表生长的农作物暴露于放射尘之中。从前有过核爆，污染了作物。疑团接二连三地解开了：一辆辆卡车装载地下培育蔬果的场景、地下室、兜售受污染西红柿与甜瓜的危险举动……

“我们的商品不含放辐。”维克说道，又低声向拉格尔解释，“就是放射性辐射。”

“嗯。”拉格尔应了一声。

维克又说：“我们——是从大老远过来的，今晚刚到。”

“了解。”麦克菲太太见惯不惊。

“我们病了很久。”维克说，“现状怎么样？”

“你的意思是？”老妇人反问道，停下了翻账本的动作。她已戴上一副牛角框眼镜，被镜片放大的眼睛里射出精明而警觉的光芒。

“最近都发生了些什么事？”拉格尔追问，“能透露一些关于战争的消息吗？”

麦克菲太太濡湿手指，继续翻页，“真有意思，你们竟然不了解战争的消息。”

“老天爷，”维克来了脾气，“说一说会怎么样啊！”

“你俩是不是部队的？”麦克菲太太问。

“不是。”拉格尔说。

“我虽然爱国，但家里从不留宿当兵的。太容易惹麻烦了。”

看来从她口中得不到直接的答案了。拉格尔想，全然无望，倒不如放弃。

桌上立着一个相框，里面夹了好几张彩色照片，都是同一个穿军服的年轻人。拉格尔俯身细看照片，问道：“这是谁？”

“我儿子。”麦克菲太太说，“他驻扎在安弗斯导弹发射场。都三年没见了，自从战争打响以来……”

才三年啊。拉格尔想，也许就是那时候，他们修建了——

也就是竞猜开始的时候。《小绿人接下来在哪里？》快三周年了……

他问：“受过袭吗，那边？”

“我不明白你的意思。”麦克菲太太说。

“没什么。”拉格尔终止了话题。他漫无目的地在房间里走动，穿过一扇乌黑油亮的开阔木制拱门，餐厅赫然出现在眼前：结实的中央桌、多把椅子、壁架、放满杯盘的玻璃碗柜。除此以外，他还看到一架钢琴。他信步来到钢琴边，从谱架上拿起一叠乐谱。全是庸俗的伤感流行歌，内容不外乎兵哥哥或是好姑娘。

其中一支乐曲题为：

在逃疯汉进行曲

他拿着乐谱回来，递给维克。“瞧，”他说，“看词。”

两人一同阅读曲谱下的歌词。

有勇无谋的疯汉先生，

唯一世界岂能分裂。

跳梁小丑啊疯汉先生，

弥天大错一意孤绝。

你以为天上荣华富贵；

娇艳未来美如蔷薇；

小心让大爷打你屁股——给我站住！

快把手举起来，把手举起来，

时机可不会等待！！

“会弹琴吗，先生？”老妇人问。

拉格尔对她说：“敌人——就是深井兵，对吧？”

天上，他想。月亮。月球。

导弹部队追踪的并不是他和维克，而是敌人。一场战争正在地月之间打响。既然楼上的孩子们会把他和维克当作深井兵，说明深井兵必定是人类而非其他生物。也许就是殖民者。

人类的内战。

我终于知道自己在做什么了。我知道了竞猜的本质，以及自己的身份。我是这颗星球的救世主。每解开一个谜题，就解出了下一次导弹袭击的时间地点。我马不停蹄地提交字列，而这些改头换面的“主办方”，就按照图表方框的指示，按对应的时间，向对应的地点派遣反导弹部队。大家由此保住了性命。楼上吹鼻笛的孩子、女服务员、司机泰德、我姐夫、比尔·布莱克、凯塞尔曼母子、凯特尔拜因一家……

这就是凯特尔拜因母子俩要告诉我的。民防课……却是一段截至当今的战争史。1998 年的模型给了我提醒。

可我为什么会忘记呢？

他对麦克菲太太说：“那你觉得，‘拉格尔·古姆’这个名字意味着什么？”

老妇人笑了。“意味个屁呀。”她说，“我看哪，就让拉格尔·古姆戴上帽子一边儿凉快去吧。一个人哪有那样的能耐！那是一整个团队，只是对外一直宣称为‘拉格尔·古姆’罢了。我从一开始就知道啦。”

维克哆哆嗦嗦地深吸一口气道：“我觉得您失之偏颇，麦克菲太太。我认为确实存在这样一个人，他也的确有这样的能力。”

她不无讥诮，“还能一天接一天地猜对？”

“没错。”拉格尔说。旁边的维克点了点头。

“嗐，得了吧！”她尖声说道。

“他拥有异能，”拉格尔继续道，“一种可以探知底层模式的能力。”

“听我讲，”麦克菲太太打开话匣子，“我比两位年轻人年纪大多啦。我还记得，以前拉格尔·古姆只是个时装设计师，做那个丑死了的‘阿多尼斯小姐’礼帽。”

“礼帽。”拉格尔重复道。

“其实我还留着一顶哪。”她咕哝着起身，步履笨重地来到壁橱前。“给，”她举起一顶德比帽，“完全就是顶男帽嘛。哎呀，他忽悠女人戴男帽，就为了处理掉男人不肯买的那一大批积压帽子。”

“他做帽子生意赚到大钱了？”维克问。

“那些时装设计师，谁不是坐拥百万资产？”麦克菲太太说，“全部人，个个都是。他也真是幸运。就这——运气，纯粹只凭运气。后来他进军合成铝行业，”她回忆，“铝化工。也是运气。那些炙手可热的幸运儿，到头来都一个下场：运气最终会用光。他也是。”她一副熟知内幕的派头，滔滔不绝，“他不走运啦，但是官方没公布这个消息。其实那才是古姆从公众眼前消失的原因。他运气耗完了，就自杀喽。这可不是传闻，是事实。我有个熟人，他老婆整个夏天都在导弹部队帮忙，就是他老婆跟他确认的，古姆两年前就自杀了。后来他们又一个接一个地招新人预测导弹袭击。”

“这样啊。”拉格尔喃喃道。

麦克菲太太仍在得意扬扬地讲述：“当年他也算是名噪一时啊，接受官方邀请，来丹佛为他们预测导弹袭击。但没过多久就给看穿了，他不过是拿噱头唬人罢了。他架不住颜面扫地，丢脸哪，就——”

维克打断她：“我们得走了。”

“对。”拉格尔随即附和，道了声“晚安”，便同维克一起朝门口走去。

“你们要的房间呢？”麦克菲太太忙问，抬脚跟上两人，“还没来得及带你们看看呢。”

“晚安。”拉格尔说罢，便和维克踏出屋外，进了门廊，走下台阶，沿小路走向人行道。

“你俩还回来不？”麦克菲太太在门廊上大喊。

“再说。”维克回应。

两人离开麦克菲家。

“我都忘了，”拉格尔说，“全忘光了。”而预测工作一日也没有中断。他想，无论如何，我做到了。所以从某个方面来讲，这些并不重要，毕竟没有影响工作。

维克插话道：“我一直以为流行歌词没有营养，看来我错了。”

同时，拉格尔意识到，要是明天我不能像往常一样待在房间里解谜，大家很可能都会性命不保。难怪司机泰德要那样求我。难怪我会作为年度人物登上《时代》杂志的封面。

“我记得那晚，”他停下脚步说道，“凯塞尔曼娘儿俩，还有我名下铝厂的照片。”

“铝化工厂。”维克纠正，“反正她是这么说的。”

我的记忆完整吗？拉格尔自问，是否还有空当？

“咱们可以回去了。”维克说，“咱们得回去。至少你得回去。我觉得他们需要故意安排一群人在你周围，好显得自然——玛戈、我、比尔·布莱克，等等。但条件反射是抹不掉的，我曾在卫生间里到处摸灯绳，说明这里的卫生间一定有灯绳，或者说我家里总有一根。还有超市里人们集体逃跑的情景，他们肯定在这里的某家店共事过，没准儿就是在哪家超市，干同样的工作。日子没什么不同，只是时间推移到了四十年后。”

前方闪耀着一簇灯光。

“去那边试试吧。”拉格尔说着，加快了步伐。泰德给他的卡片仍在手上，通过这个号码也许能联系上军方，或者最初筹划这座城市的神秘人物。但说到底……为什么呢？

“有什么必要大费周章？”他问，“为什么不能就在这里搞？干吗非要我住在那城里，想象自己回到了 1959 年，还参加报纸竞猜？”

“别问我，”维克说，“我又答不出来。”

光华逐渐清晰，形成了文字。五彩的霓虹招牌在黑暗中闪烁：

西部药房

“药店！”维克说，“那里应该可以打电话。”

两人进了药店。这地方灯光明亮，空间却狭小逼仄，高高的货架上陈列着各类药品。没有顾客，也见不到店员。拉格尔停在柜台前，伸长了脖子寻找公用电话。这年代还有电话吗？他暗自思忖。

“请问需要点什么？”旁边传来一个女人的声音。

“那个，”他说，“我们想打个电话，很急。”

“最好教一下我们怎么用，”维克补充道，“或者直接帮我们拨通也成。”

“当然可以。”身穿白色罩衫的店员说着，从柜台后滑步而出。这位脚踩平跟鞋的中年妇女对他们送上微笑。“晚上好，古姆先生。”

他认出了她。

凯特尔拜因太太。

凯特尔拜因太太朝他点点头，绕过他身旁去到门口，关门上锁，拉下百叶窗，然后转身面对他。“号码是多少？”她问。

他把卡片递过去。

“哦，”她沉吟着，细看号码，“明白了，这是丹佛军方的总机号，这个62是分机号。这个——”她皱起眉，“这个可能代表导弹防御局的某个人。如果这么晚都还在，那肯定是直接住那里了。可以推测，这人来头不小。”她还回卡片，“你回忆起来了多少？”她问。

拉格尔答道：“我记起了很多事。”

“上次给你看你公司的厂房模型，起到什么作用没？”

“挺有用。”他说。当然有用。看过以后，他就乘公交车到市区，去了超市。

“很高兴能帮上忙。”她说。

“你故意接近我，”他徐徐开口，“一点点地帮我逐步恢复记忆。你肯定是军方派来的。”

“从某个方面来讲，”她表态，“是的。”

“那追根究底，我是怎么失忆的呢？”

凯特尔拜因太太说：“你之所以失忆，是因为有人想让你遗忘。就像那天晚上你跑到高高的山顶，遇到凯塞尔曼娘儿俩的事，后来也被迫忘得一干二净。”

“那是辆市政工程车，车里是市政职员。他们抓住我，痛打了我一顿。第二天一早，他们就开始拆街，同时盯着我不让我跑。”也就是说，这些来拆除的，跟当初修建、后续管理城市的，是同一拨人。“起先就是他们抹除了我的记忆吧？”

“是的。”她答道。

“但你想让我记起来。”

她说：“因为我是个深井兵。不是你这种精神疾病，是导弹部队想抓捕的那种。你早已下定决心来找我们，古姆先生，其实连行装都打点好了。可是中途出了岔子，咱们没接上头。他们也不愿结果你的性命，因为还用得着你，所以就假借报纸竞猜之名，让你发挥自己的解谜才能，替他们工作……还能免除道德上的顾虑。”她保持着那副专业的愉快微笑，身穿店员的白色罩衫，她就像一位如假包换的护士，譬如宣传某种口腔卫生新技术的牙科护士。务实又高效，他想，而且很敬业。

他发问：“那——是什么让我下定决心来找你们？”

“你不记得了？”

“嗯。”他说。

“我给你些资料看看，算是重新认识自我的基础读物。”她弯下腰，伸手到柜台后面，把一个略显凌乱的马尼拉信封拿到台面上打开。“首先，”她娓娓道来，“是1996年1月14日的《时代》杂志，封面是你的照片，里面有你的传记，包含公众对你所知的全部信息。”

“这里头是怎么讲的？”他说道，想起麦克菲太太和她那些乱七八糟的猜疑与传言。

“你患有呼吸系统疾病，需要到南美洲静养，在秘鲁一个叫作阿亚库乔的偏远小镇。传记里都写着呢。”她递过一本小书，“这是小学的现代史课本，‘唯一幸福世界’学校体系官方审定使用的。”

拉格尔说：“麻烦给我解释一下‘唯一幸福世界’这则口号。”

“那不是什么口号，是一个组织的官方名称，他们认为星际航行没有前途。唯一的幸福世界已经够好了，事实也如此，比起上帝从未指引人类占据的连片无水荒漠要好太多。你肯定知道‘深井兵’指的是什么人吧。”

“知道。”他说，“月球殖民者。”

“不完全对。书里有阐释，包括关于战争源头的记述。还有一样东西。”她从信封里抽出一本小册子，标题印着：

反抗暴政

“这是什么？”拉格尔说着，接了过来。小册子给他一种诡异的感觉，一种直击心灵的熟悉感，回溯向久远的过往。

凯特尔拜因太太解答：“这是在你名下拉格尔古姆公司各家分厂，数千名员工之间传阅的小册子。你没有放弃自己的经济资产，明白吧？你自愿效力于政府，只收取象征性的费用，以示爱国。你运用自己的异能，拯救人们免于深井兵的轰炸。但是在为政府——唯地党政府——工作几个月之后，你的心态产生了重大变化。你确实每次都能第一个预判出打击路径——”

“这些可以带回城里看吗？”他说。他想为第二天的解谜养精蓄锐，这个习惯深入骨髓。

“不行，”她否决道，“他们知道你出城了，一旦回去，他们就会故技重施，抹掉你的记忆。希望你能留在这里看。现在差不多十一点，还有时间。我知道你在想明天的事，心里总抛不开。”

“这儿安全吗？”维克问。

“安全。”她说。

“不会有导弹部队过来搜查吗？”维克又问。

“瞧瞧窗外吧。”凯特尔拜因太太说。

维克和拉格尔都来到药店窗前，望向外面的街道。

街道已消失无踪，面前是空旷的黑暗田野。

“我们身在荒郊野外。”凯特尔拜因太太说，“自从你踏足这里，我们就一直在行动，包括现在。经过一个月的努力，如今已渗透进了海军工程营所称的‘旧城’。他们修了这里，给它起了这个名字。”她顿了顿，又说，“你难道就从没想过自己究竟住在哪儿？你所在的城市叫什么名字？在哪个郡？哪个州？”

“没有。”拉格尔答道，觉得自己傻极了。

“那你现在知道这是哪个州了吗？”

“还是不知道。”他承认。

凯特尔拜因太太说：“怀俄明。这里位于怀俄明西部，靠近爱达荷边界。你这座城，是在战争初期被炸毁的几座旧城废墟上重建而来的。海军工程营依据文字和记录，相当精确地复原了旧时的环境。为孩子们的安全着想，玛戈要求市里清理残砖断瓦——我们就是在里头置入了电话簿、字条、杂志——那是真实的凯默勒镇遗迹，从前的郡属军械库。”

拉格尔在柜台前坐下，开始阅读《时代》杂志上自己的传记。

14

杂志内页在他手中摊开，为他呈现出真实世界。一个个名字、一张张面孔、一场场经历如沉渣泛起，光复了存在。窗外一片漆黑，没有身着连身服的人悄声进门，无人打搅。这一次，他被准许独自坐下，手捧杂志，全神贯注地埋头阅读。

跟随莫拉加，走向富足，他心中默念。从前那场竞选，1987年总统选举。还有一句，他想，*跟随沃尔夫，走向胜利*。胜利搭档。身材瘦削、动作僵硬的哈佛法学教授和他的副总统，在眼前渐次翻过。多么强烈的反差。他想，二人的分歧导致了内战，但他们当初却在同一张选票上，为求博得所有人的支持，不容一丝破绽……这能做到吗？哈佛法学教授加前铁路工头。一个研究罗马法和英格兰法，一个记录盐袋重量。

"记得约翰·莫拉加吧？"他问维克。

维克脸上浮现出困惑之情。“当然。”他低声道。

“笑死了，那样的高知，结果这么容易上当。”拉格尔说，“为经济殚精竭虑，却被人当枪使。可能是太单纯了吧，深居象牙塔。”精于理论，疏于经验，他想。

“这话我可不同意。”维克忽然间气势十足，话音掷地有声，“他是一位迎难而上，竭力践行原则的人。”

拉格尔吃惊地抬头看他。维克绷着脸，对自己的所言坚信不疑。党派政治罢了。拉格尔想，恰如晚间酒吧里的争论：我可不想被月球矿制成的沙拉碗毒死。拒买月球货，抵制月球货！一切都打着原则的旗号。

拉格尔说：“买南极矿？”

“买本地货。”维克不假思索地表示肯定。

“何必呢？”拉格尔回道，“有什么区别？你觉得南极洲是‘本地’？”他深为不解，“不管月球矿还是南极矿，矿就是矿。”那场对外政策大辩论。对我们而言，月亮根本不具有任何经济价值。他心想，无所谓。但是，假如它确有价值，那会怎样？

1993 年，莫拉加总统签署法案，终止美国的在月经济开发。万岁！哔——！哔——！

第五大道纸带游行。

之后是“沃尔夫狼”暴乱，他想。

“‘跟随沃尔夫，走向胜利！’”他开口道。

维克恶狠狠地回敬道：“我看，那就是一群叛国贼！”

凯特尔拜因太太站在一旁，竖起耳朵，观看两人表演。

"法律明确规定，如总统因故致残，则由副总统全权代理行使总统职权。"拉格尔说，"所谓'叛国'从何谈起？"

"代理总统不等同于总统。他只能负责执行正牌总统的意志，无权歪曲或者妨害总统的外交政策。他钻了总统患病的空当，恢复月球项目的拨款，去讨好加州那群自由主义者，光有一通星辰大海的美梦，却没有丝毫贴合实际的理性——"维克恼怒地喘着粗气，"就像那些巴望着开改装车四处狂飙的毛头小子，一股子好高骛远的心性。"

拉格尔说："那都是你从某个报纸专栏里学来的，不是你的看法。"

"依照弗洛伊德学派的解释，梦总有些黄色下流的玩意儿。除了性，还有什么理由到月亮上去？各种'人生终极目标'之类的言论，全是假大空，"维克指指戳戳，"而且还不合法。"

"既然不合法，"拉格尔说，"那黄不黄都一样啊。"你的逻辑乱了。他想，哪能两头占呢？既说它不成熟，又说它违法。快反驳两句呀，想到什么说什么。为什么要如此坚定地反对月球探索？是外星的味道，是污染，还是墙缝里渗进来的陌生感……

收音机仍在嚷嚷："……罹患重度肾功能不全的约翰·莫拉加总统日前在位于南卡罗来纳州的别墅中表示，该问题必须仔细核实，同时要以国家最高利益为重中之重——"

仔细。拉格尔想,肾功能不全患者确实得无比仔细,或者说得小心留神。可怜的家伙。

“这位总统真是好得要命。”维克说。

拉格尔随即回嘴:“他是个白痴。”

凯特尔拜因太太点了点头。

月球殖民者团体宣布不予退还已到账的资金,且不予认可联邦机构开具的罚单。因此,联邦调查局以违反联邦资金专款专用规定,并就涉及机械而非现金的部分,以未经授权占有联邦资产等罪名,将他们集体逮捕。都是借口,拉格尔·古姆想。

暮色渐浓,车载收音机的灯光映上仪表板,也映上他和身旁女孩的膝盖。两人一同躺在车里,身体交缠,热得冒汗。她的裙摆上放了包薯片,他不时伸手去拿,又抬起上身呷了口啤酒。

“为什么会有人想去月亮上定居呢?”女孩喃喃低语。

“牢骚专业户嘛。”他声含倦意,“一般人没必要去,当下的生活就足够称心如意了。”他闭上眼睛,聆听收音机里的舞曲。

“月亮上风光好吗?”女孩问。

“啊,老天,糟糕透了。”他说,“除了石头和灰尘什么都没有。”

女孩提议道:“结婚以后,我想搬到墨西哥城附近。那里生活成本挺高,但很有国际范儿。”

杂志在拉格尔·古姆手上摊开，上面这篇文章提醒他，如今他已经四十六岁了。上一次和她在车内缠绵，听收音机里的舞曲，已经是很久很久以前。那个女孩贴心可人，他想，文章里怎么没有她的照片？可能作者不认识她。我的那部分生活想来无足轻重，对人类没有影响……

1994 年 2 月，战争在月球殖民地名义上的首都，即一号基地打响。附近导弹基地的驻兵遭到殖民者武力袭击，双方展开了长达五小时的激战。当晚，特种部队运输船自地球启程，向月球进发。

万岁！他暗自欢呼，警报拉响！哔——哔——！

不到一个月，一场全面战争已呈燎原之势。

"我懂了。"拉格尔·古姆说着，合上了杂志。

凯特尔拜因太太叹道："内战是世间最残酷的争斗。家人反目，父子相残！"

"兼济派——"他费了老大劲才说出口，"来地球的深井兵表现不佳啊。"

"在加利福尼亚、纽约以及内陆一些大城市，他们拼杀过一阵子。可是到第一年年底，地球就完全被唯地政权掌控。"凯特尔拜因太太背靠柜台面向他，抱着胳膊，专业的微笑不曾松动分毫，"深井兵游击队时不时地趁夜出击，切断电话线，炸毁桥梁。大多数活着的战俘都给关进了位于内华达和亚利桑那的集中营，随即打上一剂洗脑针。”

拉格尔说：“你们还有月亮啊。”

“啊，是啊。”她应道，“而且我们现在基本上自给自足了。有资源，有设备，有专业人才。”

“没被他们轰炸吗？”

她回答：“呣，你瞧，月球有一侧永远是背对地球的。”

对啊。他想，自然，那是理想的军事基地选址。地球可没有这个优势，每片海、每寸土地都得渐次掠过月亮观测者的视野。

凯特尔拜因太太说：“我们所有农作物都是无土水培的——种在地下水箱里，绝不可能遭受放射尘污染。再加上我们没有大气，尘埃无从积聚和迁移。由于重力较小，大部分原子尘完全不受束缚……直接就飘进太空了。我们的主要设施也在地下，住房啦，学校啦，而且——”她微笑道，“我们呼吸罐装空气，所以也很难受到外来病菌感染。我方完全无懈可击，哪怕人数不多——算起来只有几千。”

“可你们不停地在轰炸地球。”他指出。

“我们有一项袭击计划，手段比较激进：将弹头安置在旧运输火箭上，向地球发射，每周一到两次……外加小型军事打击——我们有大量研究型火箭，还有适用于部分农庄和工厂的小型通信火箭、补给火箭。地球方面高度紧张，因为他们无从分辨射来的究竟是装载大型核弹头的大火箭，还是区区一个小家伙。人们的生活不堪其扰。”

拉格尔说:“一直以来，我就是在预测这个。”

“没错。”她确认。

“那我成绩如何？”

“没他们说的那么好。我是指洛厄里。”

“这样啊。”他答道。

“但也不算差。基本上，我们已经成功将模式随机化了……但还是被你破解了一些，尤其是大型火箭这块。我觉得我们在这方面的心态更谨小慎微，因为数量毕竟有限，所以更倾向于减少随机性。于是你凭借自己的天分，探知出了规律。就跟预测下一年的女帽流行趋势一样，纯粹是玄学。”

“没错，”他说，“也可称之为艺术。”

“你为什么倒戈投敌？”维克逼问，“他们一直对我们狂轰滥炸，残杀妇孺——”

“他现在已经清楚为什么了。”凯特尔拜因太太说，“看杂志的时候，心里想的全写在了脸上。他记起来了。”

“没错，”拉格尔说，“我想起来了。”

“为什么弃明投暗？”维克问。

“因为兼济派才是明，”拉格尔说，“独善派是暗。”

凯特尔拜因太太附和道:“正是如此。”

玛戈打开前门，看到外头的漆黑门廊上站着比尔·布莱克，便开口道：

“他俩不在家，去店里紧急盘存了。要应付一个突击审计什么的。”

“先不管那么多，可以让我进来吗？”布莱克说。

她让他进屋，他反手关上了门。“我知道他们不在家。”他情绪低落，一副没精打采的样子，“但他们也不在店里。”

“我最后见到他俩就是在店里。”她说，撒谎的滋味令她有些不舒服，“他们就用那句话把我打发了。”是让我这么打发你，她心里默念。

布莱克告诉她：“他俩出城了。我们抓到了卡车司机，他们沿路开了差不多一百英里，半道上叫司机下了车。”

“你怎么知道？”话音刚落，一把无名火就“腾”地烧了起来，连带着对他的憎恨，近乎歇斯底里。她不明白这情绪从何而来，尽管她直觉一向很准。“你，”她有些哽咽，“动不动就端盒千层面过来打探，成天在他周围晃来晃去，还派你那个劈腿十级的婆娘来勾引他。”

“她不是我妻子。”他说，“上头把她分派给我，是为了便于我打入居民内部。”

她有些头晕，“她——知道吗？”

“不。”

“这可真有意思。”玛戈说，“那咋办呢？”她念叨着，“你别站那儿一副得了便宜的阴笑，就你知道底细。”

“我哪有在阴笑啊，”布莱克说，“我只是想起，当初曾经有机会留住他的时候，我内心想着，那两人是凯塞尔曼母子吧。就是他俩，只是名字给搞混了。不知道是谁想出的招数。我对名字一向不太敏感，也许这个弱点被他们发现了。但话说回来，每天有一千六百个名字要跟进和归档——”

“一千六百个？”她说，“什么意思？”随即，她直觉爆发，感受到了周围世界的僵滞，不论街道、房屋、商铺、车辆，还是居民。一千六百人，立于舞台中央，四周被道具围绕：可坐靠的家具、供烹饪的厨房、用于驾驶的汽车、可烹调的食材，而道具背后的布景，只是平面的风景画。更远的背景里，只有画上去的房屋，画上去的人，画上去的街道。日常的声音来自墙里安置的小喇叭。萨米独自坐在教室里，他是唯一的学生。就连真人老师都没配一个，只有一系列录影胶片在他眼前顺次放映。

“我们有可能了解这番布置的目的吗？”她问。

“他知道的。拉格尔很明白。”

她恍然大悟，“所以我们都没有配备收音机。”

“用收音机很容易接收到穿帮的信息。”布莱克确认。

“没错，”她说，“我们收到了你的消息。”

他嘴角抽了抽，“那只是时间问题，早晚都能收到。尽管如此，我们还是希望他能继续沉湎于过去。”

“没想到会有人插手吧。”玛戈说。

“对，两个不请自来的人。今晚我们派了一支工作队去他们驻地，就是拐角那栋宽敞的两层老房子——可他们早跑了。人去楼空，所有模型都落在那儿。他们给他上了节民防课，一直梳理到当下的时代。”

她说：“要是没别的事的话，我要准备送客了。”

“我不走，”布莱克告诉她，“今晚得留在这里过夜。万一他又决定要回来呢。我想，你可能不太乐意我带茱茱一起来。我可以睡这间客厅，这样，就好第一时间逮住回家的他。”他打开前门，把一只小手提箱拎进屋。“只是些牙刷、睡衣之类的随身物品。”说这话时，他的语速同样迟缓，声音有气无力。

“你有麻烦了，”她说，“是吧？”

“你也一样。”布莱克应道，把手提箱放到椅子上打开，一件件拿出洗漱用品。

“你不是‘比尔·布莱克’的话，那是谁呢？”她说。

“我是比尔·布莱克。西线战区美国战略规划局的威廉·布莱克少校。早先我跟拉格尔合作制定导弹战方略。从某些方面讲，我是他的学生。”

“也就是说，你根本不在市政供水公司工作。”

前门突然打开，门口站着茱茱·布莱克，身穿大衣，手握闹钟。她的脸浮肿泛红，显然一直在哭。“你忘带闹钟了。”她对比尔·布莱克说着，伸手递过去，“你今晚为什么会待在这里？”她嗓音颤抖，“是我做错了什么吗？”她的视线从他移向玛戈，

“你俩有一腿吧？是吧？是不是偷情好久了？”

两人都没开腔。

“请给我解释一下。”茱茱说。

比尔答道：“老天爷，先回家去行不行？赶紧的。”

她抽噎不止，“行吧，不管你怎么说。你明天回家吗，还是一辈子就待在这儿？”

“就今晚。”他答道。

她关门而出。

“烦死人了。”比尔·布莱克说。

“她还坚信自己是你妻子。”玛戈说。

“她的这个观念，会一直持续到思想重建完成。”比尔说，“你也一样。这段时间的景象会反复在你眼前浮现。集训内容全部积贮于非理性层面，烙印在整个身心系统之中。”

“真可怕！”她叹道。

“啊，这可不好说。还有些事比这更糟糕。旧城项目是为了挽救大家的生命。”

“拉格尔也跟我们一样，只是设定的角色吗？”

“不。”布莱克说着，把睡衣放在沙发上。玛戈不由得注意到它饱和的颜色、明艳的大花和鲜红的叶子。“拉格尔的情形略有不同。我们正是受了他的启发。他卡在了一个进退两难的境地，唯一的解决办法就是打乱心智，从中抽离。”

她想，看来他真个是疯了。

“他借幻觉逃避现实。”布莱克边说边给茱茱带过来的闹钟上发条,“让自己回到平静的战前时期,回到五十年代末。回他的童年时代,幼儿时代。”

“你讲的这些,我完全没法相信。”她说。虽然心里十分抗拒,但话音还是源源不断地传入耳朵。

“所以我们创建了一个系统,以此保证他能生活在那个无忧无虑的世界——我的意思是,压力相对较小——继续为我们编制导弹拦截方案。只要不把它当作肩上重担,没有全人类生死存亡的压力,他就能圆满完成。可以让他把这项任务当成一场游戏,一项报纸竞猜。起初那只是我们的试水措施。后来有一天,我们到丹佛总部去看他,他向我们打招呼说:‘今天的谜题就快解出来了。’大约一周过后,他就全方位陷入了复古幻觉之中。”

“他真是我弟弟吗?”她说。

布莱克犹豫了一下,说道:“不是。”

“我跟他有什么关系吗?”

“没有。”布莱克勉为其难地说。

“维克是不是我丈夫?”

“不　　不是。”

“所有人都是生拉硬凑到一起的吗?”她咄咄逼问。

布莱克皱起眉头开口:“我——”然后他咬了咬嘴唇说,“其实我跟你才是真正的夫妻,但是,你的性格类型更适合做拉格尔家的成员。具体安排必须照顾实际需求。”

之后，两人都没再言语。玛戈摇摇晃晃地走进厨房，条件反射般地坐到餐桌旁。

比尔·布莱克才是我老公，她想，比尔·布莱克少校。

她丈夫在客厅沙发上铺开一条毯子，又朝毯子一端丢了个枕头，准备睡觉。

她来到客厅门口说：“能再问你一件事吗？”

他点了点头。

“那天晚上，维克在卫生间里伸手拉不着灯绳，你知道是怎么回事吗？”

布莱克说：“维克以前在俄勒冈开了家食杂店，那灯绳可能就是他店里或者公寓里的。”

“我跟你结婚多久了？”

“六年了。”

她说：“有孩子吗？”

“两个女儿。一个四岁，一个五岁。”

“那萨米呢？”萨米正在卧室里熟睡，房间门紧闭着。“他跟谁都没关系吗？只是顺便招募的一个孩子，就像是电影演员跑个龙套？”

“那是维克的儿子。维克跟他老婆生的。”

“他老婆叫什么名字？”

“你没见过。”

“不是超市里那个得州大妞吧。”

布莱克笑了，“不是，是个叫贝蒂或者芭芭拉的姑娘。我也没见过。”

“真乱。”她说。

“是啊。”他附和道。

她回到厨房，重又坐下。随后，她听见他打开电视机，音乐会的乐音传来。过了一小时左右，她听见他关了电视和客厅的灯，之后躺进沙发盖上了毯子。没多久，她也不知不觉趴在餐桌上睡着了。

猛然间，她被电话铃声惊醒，听到客厅里的比尔·布莱克正手忙脚乱地四处摸听筒。

“在过道。”她迷迷糊糊地说。

“喂。”布莱克接起。

厨房水槽上方的挂钟显示，此时是凌晨三点半。上帝啊，她想。

“好的。”说完，布莱克挂了电话，赤着脚回到客厅。她凝神细听，听见他穿好衣服，把东西都塞进手提箱，然后打开前门又关上。他出门了。他走了。

而不是继续等。她想着，揉揉眼睛努力让自己清醒。她觉得肢体僵冷，哆哆嗦嗦地起身，站到烤炉前取暖。

他们不会回来了。她想，至少拉格尔不会，不管布莱克怎么等。

卧室里传来萨米的叫喊:“妈妈! 妈妈! ”

她打开门问:“怎么啦? ”

萨米从床上坐起,问道:“谁打的电话? ”

“没有谁。”她说着走进房间,弯腰抻起被子盖在男孩身上,“接着睡吧。”

“爸爸回来了吗? ”

“还没呢。”她说。

“喔,”萨米嘟囔着,重又躺下,渐渐回到梦乡,“说不定他们偷了东西……出城了。”

她待在卧室里,坐在男孩的床沿上抽烟,强迫自己保持清醒。

我觉得他们不会回来了。她想,但无论如何,今晚我还会继续等,以备万一有奇迹出现。

“你说他们做得对,是什么意思? ”维克质问,“难道你认为轰炸市镇、医院和教堂,都是对的? ”

拉格尔·古姆记起自己第一次听说月球殖民者(其时已得名深井兵)向联邦军队开火的那天。大家都不甚惊讶。深井矿队主要由愤青和刚结婚的小年轻组成,大多经济薄弱却野心勃勃,几乎都没有孩子,没有财产,也不对谁负责任。他的第一反应是想上战场,可惜年纪不饶人。同时,他有一项能力更具价值,更能派上用场。

他们安排他带队从事一系列工作，估测导弹袭击、制作图表、预测模式、进行统计研究。参谋主任布莱克少校是个聪明人，迫切地想学习估测的方法。第一年还一切顺利，后来，沉重的责任把拉格尔压垮了，他失去了所有人赖以活命的第六感。在这个当口，军方决定带他离开地球。他们送他上飞船，载他去了金星上的一处政府高官疗养地，不惜在那里浪费大量时间。金星上的气候，或者水中的矿物质，或者重力——谁也说不准到底是哪一点——对治疗癌症和心脏病很有作用。

有生以来，他第一次拥有了离开地球的体验。遨游太空，穿梭于行星之间。没有重力，那维持宇宙万物运转的基本的力，那最普遍的束缚不再制约他。海森堡统一场论整合了所有能量与物理现象，将其归纳为单一的模型。此刻，当他乘飞船离开地球时，又开启了另一种新的模型，纯粹自由的模型。

他发现太空旅行满足了一种他从未意识到的需求。这一生中，平静表面下一直有种说不清道不明的渴望，在他心底深处蠢蠢欲动。那是志在四方的胸怀，是浪迹天涯的渴盼。

他的祖先惯于迁徙。他们本是居于亚洲的食物采集者，早年集结为游牧而非农耕部落迁入西方。到达地中海后，他们便安顿下来，因为那里已是世界边缘，再没有更远的远方可去。光阴流逝，数百年后，他们得知别有新的大陆，位于大洋彼岸。他们不常出海，姑且有过几次前往北非的尝试，也都以失败告终。乘船到海上流浪，对他们而言是桩可怕的事。他们漫无目的地漂泊了一段时日，竟然达成了洲际迁徙的壮举。此后，他们又安居了一段时间，因为他们已再度抵达世界边缘。

而星际迁徙史无前例，于任何物种，任何种族皆然。从一个星球到另一个星球，如何能跨越？今人乘坐飞船实现了最终的飞跃。世间生灵林林总总，无不逐优而居，迁徙是普遍的需要，普遍的经历。人类已进入终极阶段，据他们所知，此举领先于其余所有物种、所有种族。

它无关乎矿藏、资源、科学测量，甚至无关乎勘探与利润。那些都是借口。真实原因远为他们的心智所不及。即使面对强制要求，他也无法清楚表述那种需要，尽管自己拥有充分的体验。换了谁都一样。那是一种本能，一种内驱力，最原始也最崇高、最复杂，矛盾又统一。

讽刺的是，他想，人们总说，远航太空原本不是上帝造人的意图。

深井矿队没有做错，他想，他们知道，采矿特许权的油水多少根本不是重点。我们在月球上的采矿活动只是伪装。这不是政治问题，甚至不是伦理问题。但是一旦有人问起，你得说出个道道来，得假装知情。

整整一个星期，他都泡在金星上的罗斯福温泉里，享受温暖矿泉水的滋养。然后他又被飞船运回地球。那之后不久，他开始怀念起童年，用大把的时间回忆那些宁静的日子，父亲坐在客厅里读报，兄弟俩看电视上的《袋鼠船长》。母亲开着新买的大众甲壳虫，收音机里播送的新闻不是关于战争，而是大谈第一批人造地球卫星，以及对热核动力、对无限能源的原初期望。

彼时，还没有发生后来的大罢工、大萧条、大内乱。

那是他最后的记忆。他成日里遐想五十年代，结果，有一天，竟发觉自己回到了五十年代。他感到这是一桩奇妙的异事，一项动人心弦的奇迹。在一瞬间，警灯、集中营营房、冲突、仇恨、印着“唯一幸福世界”的保险杠贴纸，都一齐消失了。不再有士兵身穿制服终日在左右监视，不再时时恐惧下一次导弹袭击，不再有压力和紧张，而最重要的是，人们心头不再笼罩疑云。告别那披上越发凶残外衣的恐怖的内战之恶。告别那兄弟阋墙、家人反目的日子。

一辆大众甲壳虫驶来，停了车。车上下来一位极其美丽的女子，笑眯眯地说：

“差不多要回家了吧？”

他们这辆小车真是明智之选。他想，挺好的买卖，保值率很高。

“差不多啦。”他对妈妈说。

“我还想去药店买点东西。”他父亲说着，关上了身后的车门。

他看着父母走向厄尼购物中心的药品区，心里默读道，电动剃须刀以旧换新，任意品牌旧剃须刀加7.5美元即可换购。抛却烦烦烦的忧思，享受买买买的欣快！头顶灯牌闪闪，缤纷广告接续变幻。明亮，辉煌。他在停车场跑来跑去，穿过一长溜闪耀柔和色泽的汽车，仰头看块块招牌，阅读橱窗里的文字。席林滴滤咖啡，69美分一磅。天哪，他想，真划算。

他的眼中映入各类商品、汽车、顾客、柜台。他想，真是琳琅满目，让人应接不暇，简直像热闹的市集。在副食区，一个女人在分发免费试吃的奶酪。他朝那边逛了过去。一粒粒黄色奶酪摆在托盘上，女人端着托盘递向每位顾客。免费品尝。现场气氛热烈，人声喧嚣嘈杂。他走进店里去拿他的那份试吃，手有些颤抖。女人笑吟吟地，低头看着他问：

“你该说什么呀？”

“谢谢。”他不假思索。

“开心吗？”女人问，“陪爸爸妈妈买东西，一个人到不同的商品区逛荡。”

“当然。”他嚼着奶酪说道。

女人又问：“是不是因为你觉得自己可能需要的所有东西这里都有卖？一家大商店，一座超市，自身就组成一个完整的世界？”

“我想是吧。”他承认。

“所以，没什么好怕的，”女人说，“不必忧心。你可以放松些，在这里平静下来。”

“对。”他应道，有几分厌恶她，厌恶她连珠炮般的发问。他又看了一眼那盘食品。

“你现在在哪个区？”女人问。

他环顾左右，发觉自己身处药品区，周围陈列着牙膏、杂志、太阳镜、护手霜。我明明在副食区啊，他惊讶地想着，免费试吃的食品都哪儿去了？这些口香糖和糖果是免费的样品吗？那挺好。

***

“你看，”女人说，“他们并没有扭曲你心智什么的，是你自己陷了回去。只是在杂志上看到相关信息，你就沉沦了，像是有种要返回过去的惯性。”此刻，她手里那盘奶酪样品已然消失。“知道我是谁吗？”她问话的声音很亲切。

“你很眼熟。”他说，却怎么也想不起来，一时语塞。

“我是凯特尔拜因太太。”女人说。

“原来如此。”他认出她来，抬脚踱出几步。“你帮了我很多忙。”他对她说道，心中涌起感激。

“你正在慢慢抽离，”凯特尔拜因太太说，“但还需要时间。有一股很强的力量牵引着你，将你拖回过去。”

周六下午，四面八方都挤满了人。真棒啊，他想，现在是黄金时代，最美好的生存时代。真希望能永远这样生活下去。

父亲抱着满怀的购物袋靠在大众车旁，一面向他招手。“走啦！”父亲喊道。

“好。”他应着，仍旧苦思不止。他望着眼前凌乱的一切，不愿就此放手离去。好些五颜六色的纸——包装纸、纸盒、纸袋，被风吹到了停车场角落里。他在脑子里爬罗剔抉，揉皱的烟盒、奶昔杯盖子……垃圾中间藏着值钱的东西。一美元的钞票，叠起来的，连同其他东西一起被吹来了。他弯腰扒出来，展开。没错，一美元的钞票。某人不小心丢的，也许是在很久很久以前。

“嘿，看我发现了什么！”他大喊着，朝汽车旁边的父母跑去。

两人迅速交换了看法，最后，母亲忧心地问道：“他能据为己有吗？这样不对吧？”

“肯定找不到失主了。”父亲说，“可以，拿着吧。”他随手拂了一下孩子的头发。

“可那不是他劳动所得。”母亲说。

“是我找到的！”拉格尔·古姆紧攥着纸币摇头晃脑，“我看出来它在那儿，混在那堆垃圾里头。”

“挺走运。”父亲评论道，“话说，我有些熟人，每周在路上走着走着就能捡到钱。我没那能耐。我敢肯定，这辈子我都没法在檐沟里找到哪怕一个硬币。”

“我找得到。”拉格尔·古姆得意扬扬，“我有第六感，知道怎么找。”

后来，他父亲在客厅沙发上休息，给他讲了二战的故事，以及自己在太平洋战争期间服役的经历。母亲在厨房洗碗。家里宁静祥和……

“你打算用这块钱做什么？”父亲问。

“投资，”拉格尔·古姆说，“赚更多钱。”

“大老板，嗯？”父亲逗他，“可别忘了缴企业所得税。”

“缴完还能净赚很多的。”他自信地说着，学父亲的样子靠上椅背，双手枕在脑后，肘部支在左右。

他回味着生命中最幸福的时刻。

“可是，细节怎么都经不起推敲呢？”他问凯特尔拜因太太，“那辆塔克车确实拉风，不过——”

凯特尔拜因太太说：“那款车，你确实坐过一次。”

“对。”他说，“至少我记得坐过。小时候——”回忆到这里，他仿佛感受到了汽车的存在。“在洛杉矶，”他继续道，“我爸一个朋友拥有一台原型机。”

“你瞧，这不就解释得通了。”她说。

“可它根本没有上生产线，只停留在手工原型阶段。”

“但是你需要，”凯特尔拜因太太说，“就为你造出来了。”

拉格尔·古姆又开口道：“《汤姆叔叔的小屋》。”彼时，维克给大伙看“每月好书”书友会小册子的时候，他丝毫没觉察到不对劲。“它成书日期早于我的时代一个世纪，真正是本老书了。”

凯特尔拜因太太拿起杂志递给他。“真实感源于童年。”她说，“努力想想。”

对，杂志文章有一句提及了那本书。他也有一本，反复读过很多遍，黄黑色的封面都翻破了，炭画风格的插图连同书本身仍历历在目。他手中仿佛再次感受到它的重量，蒙尘的布面与纸页传递出粗粝的质感。多少次，他曾待在宁静院子的树荫下，低着头，入迷地盯着那些文字。他把书珍藏在房间里，反复重读，因为它是一个稳定的因素。它恒常不变，给他安定的感觉，一种可以信赖它永远守候的感觉。而它从未令他失望，包括他在扉页上做的蜡笔标记，那歪歪扭扭的姓名首字母。

“一切都按你需求定制。”凯特尔拜因太太说，“满足你的需要，保障你的安全与舒适。何必做得完全精确？既然《汤姆叔叔的小屋》是你童年的必备读物，那就放进来。”

就像编织白日梦一样。他想，把好的保留，将不要的剔除。

“既然收音机存在不稳定因素，那就把它完全移除。”凯特尔拜因太太说，“至少是抹消它存在的合理性。”

可是那物件再正常不过。他意识到，他们常常忽略了收音机的存在。他们总是忘记假象里不应该存在收音机，总是在这种小事上出纰漏。要维持一场白日梦，典型的难题就是……它太容易前后脱节。比尔·布莱克坐在桌边同我们打扑克时，看到了矿石收音机，却没上心。它过于平凡，没有给他留下任何印象。他脑子里想着更重要的事情。

凯特尔拜因太太仍在耐心讲解："明白了吧，他们为你营造了一个安全可控的外部环境，让你置身其中，以便你心无旁骛地工作，不至于发现，也不至于疑心自己在协助敌方。"

维克凶巴巴地插嘴道："敌方？——分明是受欺压的一方！"

"内战双方原本就没有敌我的界线。"拉格尔说，"是是非非搅成一团解不开的乱麻，人人都是受害者。"

在那曾经清醒的从前，他制订过一个计划，并已仔细地整理好笔记和文件，收拾好随身物品，准备离开。他拐弯抹角地打听，终于与中西部一座集中营里的加州深井兵群体取得了联系。思想改造的集训量还未泯灭其忠诚，他们给予了他指令：在某天某时，去圣路易斯与一个尚未暴露、仍具人身自由的深井兵会合。但他未能完成任务。就在前一天，敌方逮捕了他的接头人，从中得知了会面的信息。事情经过就是如此。后来，敌方把他从办公室押走，安置在了旧城。

在集中营里，深井兵俘虏接受系统性的洗脑——当然，明面上从来不会这么说。它被称作新路线教育，能使个人摆脱偏见与畸形理念，破除顽固性执迷及固有成见。这些知识，能帮助他们成熟，成长为更好的人。

旧城建成后，人们搬了进去，为它注入市井烟火气，便于推行集中营所使用的洗脑手段。所有人都是自愿的，只有拉格尔·古姆除外。洗脑术对他产生了影响，使他从当前时代抽离，深陷于过去。

他们得逞了。他意识到，我与时代脱节后，他们跟着就一拥而上，将我严密监视起来。

维克说："我建议你考虑清楚。换阵营可不是件小事。"

"他早就下定决心了。"凯特尔拜因太太说，"早在三年以前。"

"我不会跟你走的。"维克表态。

"我知道。"拉格尔说。

"你连亲姐姐玛戈也要抛弃吗？"

"是的。"他说。

"你打算抛下所有人。"

"没错。"他说。

"好让敌方把我们全炸死。"

"不。"他说。这话事出有因。在他自愿关停个人企业去丹佛工作后，他了解到一些政府高层所知的秘密。当局对这些消息严防死守，从未公开。在战争头几周，月球殖民者深井矿队已经同意讲和。他们只坚持两个条件：继续大力投入进一步殖民活动，且停战后不向深井矿队追究战争责任。若不是拉格尔·古姆，丹佛政权早已就这两点妥协了。导弹袭击的威慑即已足够。公众对月球殖民者的憎恶原本没有那么夸张，而三年战乱，双方元气大伤，世事早不如前。

维克直盯着小舅子骂道："你这个叛徒。"然而，拉格尔想，我不是他小舅子。我们没有姻亲关系。旧城建起之前，我并不认识他。

不对，他想，我其实认识他。我住在俄勒冈的博伊德时，他在当地经营一家食杂店。那会儿我经常去他店里买新鲜蔬果。他总是系着白围裙在土豆摊位周围忙活，抬头朝顾客微笑，为腐坏的货品发愁。我们只相熟到这种程度。

而我也没有姐姐。

但是，他想，我会把他们当作自己的家人，因为在旧城的两年半时间里，他们，还有萨米，曾真正是我的家人。布莱克两口子，茱恩和比尔，是我的邻居。而今我要抛弃他们，抛弃家人朋友、远亲近邻。这便是内战的含义。从某种意义上说，这是最理想化、最英勇的战争，它代表着最寡薄的实际优势与最巨大的牺牲。

我这么做，是因为我明白，这才是正确的。职责高于一切。其他人——比尔·布莱克、维克多·尼尔森、玛戈、洛厄里、凯特尔拜因太太、凯塞尔曼太太，各自都尽了责任。他们忠于自己的信念，我也要效仿其法。

他伸出手，对维克说："再见。"

维克表情木然，未予理会。

"你想回旧城吗？"拉格尔问。

维克点点头。

“等战争结束，”拉格尔说，“咱们也许还能再见面。”他认为战况不会持续太久。“中心人物走了！”他叹道，“也不知道他们会不会保留旧城。”

维克转身离开他，走到药店门口。“有办法从这儿出去吗？”他背对两人大声说道。

“带你出去没问题。”凯特尔拜因太太说，“我们载你到大路旁，方便你搭车回旧城。”

维克仍待在门口。

可惜啊。拉格尔·古姆想，不过，他这副态度已经挺久了，不算什么新鲜事。

“假如有机会，”他对维克说，“你会杀我吗？”

“不会。”维克回答，“你随时可以回来再投靠这边。”

拉格尔转头招呼凯特尔拜因太太：“走吧。”

“你的第二趟太空旅行。”她应道，“你又要离开地球了。”

“没错。”拉格尔说。另一个准备归队的深井兵已经抵达。

药店窗外，一个庞然大物尾部倾斜，发射方位调整就绪。底部蒸汽翻腾，登舱平台向下滑动，就位并锁定。飞船侧壁的半中间打开一扇门，一名男子探出头来，眨眨眼，努力想看穿暗夜。然后，他打开一支彩光电筒。

手持电筒的男子容貌酷肖沃尔特·凯特尔拜因。实际上，他正是沃尔特·凯特尔拜因本人。